da praça da igreja acho que nem deus vê o mar

da **PRAÇA** *da*
IGREJA *acho que*
nem **DEUS** *vê o* **MAR**

DIOGO BRUNNER

© Moinhos, 2017.
© Diogo Brunner, 2017.

Edição:
Camila Araujo & Nathan Matos

Assistente Editorial:
Sérgio Ricardo

Revisão:
LiteraturaBr Editorial

Diagramação e Projeto Gráfico:
LiteraturaBr Editorial

Capa:
Lily Oliveira

1ª edição, Belo Horizonte, 2017.

*Nesta edição, respeitou-se o novo
Acordo Ortográfico da Língua Portuguesa e
a vontade de escrita dos poetas.*

B897d
Brunner, Diogo | Da praça da igreja acho que nem deus vê o mar
ISBN 978-85-92579-78-4
CDD 869.93
Índices para catálogo sistemático
1. Romance 2. Literatura Brasileira I. Título

Belo Horizonte:
Editora Moinhos
2017 | 160 p.

Todos os direitos desta edição reservados à
Editora Moinhos
Belo Horizonte — MG
editoramoinhos.com.br
contato@editoramoinhos.com.br

PARTE 1

1.

Uma cerveja sozinho. Acho que algumas respostas moravam ali naquele recipiente tão característico. Morava ali meu ponto de inflexão — todo mundo, uma hora ou outra, acaba dando de frente com seu ponto de inflexão, ou não, mas até isso já diria muita coisa. Pensava em todos meus amigos, pensava neles reunidos ao redor de uma mesa de comida, bebida, conversa fácil. Essa imagem se formava e ficava na minha cabeça, eu pedia mais uma cerveja, mais uma e mais uma, incansavelmente. A própria imagem não dizia nada entre o ficar ou o partir – ou realmente não sabia, era uma imagem, e só. Talvez nessa inflexão foi que a ficha finalmente deu de cara com seu buraco correto: a imagem estaria ali quando eu precisasse dela, era só evocá-la na cabeça, era só esquecer o que parecia imutável e mesmo uma cabeça bagunçada daria conta dessa tarefa. Senti uma espécie de segurança mesmo sem ter a total consciência disso. Uma sensação que já havia buscado, em outras travessas, em outros becos, com diferentes níveis de sucesso. Na verdade, de fracassos. Tomei pauladas, pancadas, socos no estômago, tudo da minha própria sombra, que parecia implorar por calma, por tranquilidade, permanência, paciência ou qualquer outra coisa que fosse nesse sentido. Fazia sentido.

Fiquei ali, sentado entre o conforto e o descrédito. Obviamente que um pequeno momento de entendimento sobre os "caminhos da vida" não significava muita coisa. Aliás, diante da vastidão de caminhos, tudo aquilo poderia ser apenas uma piada ou um simples devaneio provocado pelo calor e pelas cervejas. Seu Zé, dono do bar, gostava de puxar papo, mas, ao mesmo tempo, ele sabia dos momentos em que eu estava procurando silêncio. O silêncio tinha muito a ver com aquela atmosfera, com a ideia de partir mais uma vez, com a insegurança e o temor da saudade. O medo da ideia, que sempre assombrava, de estar apenas fugindo, de novo, e de novo. Mesmo sabendo que dessa vez as sutilezas deixavam escapar algo diferente, algo intraduzível, pra dentro. Acho que é um tipo de sensação dessas raras, que provavelmente vamos experimentar pouco na vida, e não tem nada a ver com euforia, tem a ver com algum tipo de certeza de estar fazendo a coisa certa. E isso já é coisa pra caralho.

Finalmente Seu Zé se aproximou, comentou do tempo quente, coçou o queixo, olhou para os dois lados da rua.

— Bom pra tomar uma cerveja mesmo, né — disse ele.

— Tô pensando em viajar, Seu Zé.

— Mas de novo?

— Pois é, acho que eu ainda não fui longe o suficiente.

— Ah, moleque, vê se sossega, já foi longe, sim, não vai abandonar nós aqui muito tempo, hein.

Essa nesga de diálogo teve um tom tão informal, tão próximo, quase fraternal, que pedi outra cerveja meio que querendo agradá-lo. Mostrar que eu me importava, e eu de fato me importava. Essas pequenezas do cotidiano sempre me foram muito caras. Por isso tinha medo desse "muito tempo" do Seu Zé. Eu não sabia o que era muito tempo. Eu só conseguia sentir esse tempo na vivência, na saudade que te pega desprevenido debaixo do chuveiro. Não saberia, novamente, calcular e dizer ao Seu Zé (e a ninguém, nem a mim mesmo) quanto tempo as coisas durariam. Se algo daria certo. Se o fracasso se cansaria e, finalmente, soltaria minhas mãos. A parte ruim do fracasso, pelo menos. A outra parte eu conservaria feliz. A outra parte, a boa, te faz humilde, pés firmes no chão — a cabeça pode viajar, mas os pés precisam estar firmes na terra.

Tomei aquela última cerveja em meio às conversas sobre futebol, política local, economia, fiados, fregueses rabugentos. Nos despedimos. Não sei se ele lembrou do papo da viagem. E nem eu tinha mais condições de dizer algo. Saí dali sem a menor ideia de quando sentaria naquela esquina novamente. Esse tipo de coisa me deixava feliz, mesmo que um pouco angustiado; a incerteza, essa bigorna descontrolada balançando violentamente de um lado para o outro. E o tempo começou a virar, um vento atravessado, nuvens pesadas e eu afundei ainda mais numa espiral de contrários. Não esperaria mais por provisões celestes ou por uma ideia genial e isso de alguma forma me atormentava. Esperar é mais cômodo. E acho que isso me dava frio na barriga. E acho que isso me fazia feliz. Momentaneamente feliz. A chuva despencou com alguma virulência. Fazia sentido. Arrastou aquela tarde quente. Me arrastou também. Casa. Mesmo que não por muito tempo. Mesmo que temporária. Mesmo que uma casa do futuro.

2.

Acho que a questão toda sempre girou um pouco em torno da ideia do "ganhar a vida". Como se a vida já não fosse nossa, como se apenas através do trabalho teríamos o direito de gozar. Eu tinha essa expressão do "ganhar a vida" como algo bastante vil. Pra mim funcionava como uma espécie de lema ao contrário, algo desonesto mesmo, a não seguir, mesmo que eu não estivesse alheio à centralidade do trabalho e do dinheiro — essa nuvem de pesadelos que paira sobre nossas carcaças. Depois de algumas experiências, minha cabeça passou a — imagino que quase como um sistema de defesa — construir uma forma de lidar com isso de uma maneira menos violenta. Na ideia. Eu não ficaria preso a uma coisa que me fizesse mal. Eu não me faria um mal deliberado, pelo menos não por esse lado. Uma ideia de liberdade em comum com os que me eram próximos, mesmo que distantes. No fim, uma ideia comum.

As despedidas, debaixo das asas da ressaca, são sempre as piores, eu sabia disso e não me controlei, muito menos fui pra casa. Depois de me despedir do Seu Zé, fui ver uma antiga companheira.

Se chamava Ana.

Quando me olhou no portão, através da janela da sala, Ana me fitou por alguns segundos até sair no quintal.

— Que você tá fazendo aqui? Não sei se penso em coisas boas ou em problemas. Você lembra que quando nos vimos pela primeira vez você me veio com um livro do Baudelaire? Era *O spleen de Paris*, quem faz isso num primeiro encontro? — Ana era assim, falava por cima dela mesmo, e, abrindo o portão, continuou — Mas vamos lá, diz, o que foi agora?

— Tô caindo fora — respirei —, eu sei, de novo. Mas dessa vez é diferente, minha vida tá parada, as coisas não estão acontecendo e eu pensei, na verdade, pensei do nada, que eu tinha que colocar as coisas em movimento e é isso que eu vou fazer — omiti um dos motivos principais sobre o porquê de eu estar indo embora, acho que simplesmente não queria falar, ainda não era hora de espalhar sinceridades por aí.

Ela riu, me abraçou, disse para entrarmos. Sentei no sofá e ela foi até a cozinha buscar um vinho, sugeriu que talvez precisássemos.

— E pra onde você vai? — quis saber.

— Tenho algumas ideias, talvez uma delas mais concreta, mas você entende se eu não falar, né? Sei lá, acho que é um tipo de superstição não dizer o destino. Ou é só uma bobagem sobre manter o mistério. Mas, enfim, não vim aqui ficar falando apenas de angústias.

Ana olhou bem nos meus olhos.

— Vou sentir saudades, sério, era bom saber que você estava por perto, mesmo que a gente não se visse tanto — disse ela.

Tentei contornar aquilo, não queria entrar naquele perigoso terreno sentimental, creio que nem ela.

— Eu acho que sempre tive saudades de você — eu disse e logo em seguida desviei o olhar. — Mas que história é essa do Baudelaire? Até onde eu sei você sempre adorou Baudelaire. E mesmo naquele dia, lembro de você ficar com os olhos brilhando quando te mostrei o livro — tentei mudar de assunto.

— Sim, brilhando, devia ser porque eu tava quase chorando. Mas é brincadeira, claro que eu gostei. Só que a passagem que você grifou e pediu para eu ler nunca mais saiu da minha cabeça.

— Até parece, você lembra até hoje? Então diz aí, qual foi? — perguntei, desconfiado daquela memória elefântica.

Ana levantou do sofá e seus gestos, agora afetados, demonstravam que ela montava um personagem para declamar o suposto trecho. Ana adorava bancar a atriz, acho que sempre tinha gostado. Normalmente nossas conversas eram transformadas numa grande peça de teatro, parávamos quase sempre em cima da mesa, do sofá, na cama, no chão.

E, moldando uma voz forte, Ana recitou: "Multidão, solidão: termos iguais e permutáveis para o poeta ativo e fecundo. Quem não sabe povoar sua solidão, tampouco sabe estar só em meio a uma massa atarefada".

— Caralho, e você lembra mesmo, eu não lembrava, confesso, mas continua sendo uma passagem poderosa.

— Tanto que não esqueci — disse Ana, que agora desmontava o personagem e se servia de mais vinho.

Saí de lá muito tarde, mal dormi, caí direto para as despedidas, pessoas, lugares, não foi tão difícil como um dia já tinha parecido. Acho que nas despedidas rola uma coisa de adrenalina, você fica ali prestes a explodir, mas ao mesmo tempo tem outra coisa acontecendo que te faz querer sair correndo. Ir adiante. É um momento onde nada preza muito pela racionalidade. Eu sabia do que sentiria falta e sabia mais ou menos os momentos que isso aconteceria. Eu sabia — ou imaginava saber — onde estariam as dores mais agudas, e isso não era bom — definitivamente. A história do fugir tá ligada diretamente em conhecer e saber de certas coisas, de certos segredos obscuros. No final, você acaba ansiando por um tipo de ignorância. Você não aguenta mais saber.

As despedidas são momentos desconexos.

Ou era o que eu pensava naquele momento, já não sei com exatidão.

E eu fui. De novo.

3.

Eu já tinha pegado a estrada de vários jeitos e tinha na minha bagagem essa porrada de clichês, alguns já meio apodrecidos — quase uma questão temporal essa coisa toda, uma necessidade de atualizar experiências.

Peguei um ônibus, simples, mas é incrível como hoje em dia até o ônibus mais simples é todo envidraçado e você tem que ficar lá jogado e trancado dentro da porra de um aquário. Lembrei dos ônibus antigos, de janelões escancarados, a fumaça dos cigarros temperando o ar. Nostalgia típica do momento, mas, claro que me lembrei, para além de tudo isso, dos cigarros. O inferno. Nada poderia ser pior do que voltar para a estrada sem cigarros. Minha nicotina psicológica continuava em frangalhos quatro meses depois de terminarmos uma longa relação. Um amigo me deu uma carona até a rodoviária e ele também não entendia nada.

— Mas, véio, vai pra onde agora? Não entendo você, qual é o problema em ficar parado, em estabelecer a vida num lugar só? — disse ele.

Pra todo mundo era como se não fizesse sentido uma nova partida. Nunca fazia. Agradeci a carona, disse que cada um vive de um jeito, soltei um "até breve" e bati a porta. E foi esse o último som que ouvi, a batida de uma porta, já quase na plataforma, rumo a um outro lugar, Goitacá, onde não se olha para o alto. Era uma fuga numa semi escuridão, eram as pessoas, sempre, as pessoas que me interessavam, era a forma como se manifestavam, era a historia, a que possuíam, a que narravam, a que viviam, a que fingiam, e aí o lugar é só mais um, mesmo que entre tantos ele seja o escolhido, o lugar era só mais um, e poderia ser outro.

Juntei as paradas essenciais para aguentar as horas que viriam pela frente, alguns livros (não era possível pesar demais a mochila) e uma *playlist* nova no velho tocador de mp3. Coisas variadas. Espaços vazios para serem preenchidos. Agora eu estava prestes a enfrentar os ataques inconscientes que viriam pela frente, rescaldos de culpa, porque você começa a sair do lugar, mas sua cabeça continua querendo ficar lá, um apego que aparentemente nunca passa, um guerreiro com uma grande espada na mão te fitando de forma ameaçadora.

Acho que seria necessário pensar sobre rompimento, mas naquele momento meu parceiro de poltrona estava emitindo um som que parecia indicar que o privilégio do rompimento, naquela hora, era dele, um barulho que lembrava o caos. De alguma forma aquilo aliviava, tinha medo de conversas entre parceiros desconhecidos de poltrona, invariavelmente elas me faziam querer cortar os pulsos, ou algo parecido, me entediavam mortalmente.

Pela janela eu só conseguia enxergar as luzes — que em muitos trechos se apagavam completamente — e as marcas no asfalto, luzes, escuridão, e marcas no asfalto, uma constância sonolenta. Pensava o tanto de entulho que eu tinha retirado para dar esse passo. Não adianta você ir, você tem que ir longe, ir nas beiradas. Tocar o mar ou subir as montanhas. Goitacá, mar, montanha. Deixei aquilo ir se construindo enquanto observava a música que fluía nos meus ouvidos, comecei a imaginar a vida nova, a conspirar. Não tinha deslumbre, tinha mais é receio. A parada de fazer a coisa certa, de andar do lado certo da calçada. Acho que acabei adormecendo, mesmo ao lado do caos, e mesmo sentindo que o motorista daquele ônibus tinha tomado algum estimulante, de origem ilegal, provavelmente.

Com a primeira nesga de claridade pedi licença ao parceiro, que agora não era mais caos, parecia mais com alguém que ainda não acordou de fato, fui ao banheiro. Acho que ainda tínhamos umas duas horas de viagem, eu já estava psicologicamente cansado, tentei ler um pouco, mas não conseguia me concentrar. O ônibus encostou na rodoviária perto das dez da manhã — vinte e três graus e uma brisa leve. Recolhi meus pertences, desci e peguei um café. Faltava o cigarro, sempre. O baseado quebrava o galho, mas o cigarro era foda. Acho que por muitos minutos eu não soube o que aconteceu. Devia ser cansaço, fiquei num estado catatônico, entrei em outra realidade. Pensei em Eva. Quando ela chegasse as coisas se completariam. Talvez até clareassem. Eva era uma linda mulher. Eu era só um maluco inseguro querendo sentir frio na barriga.

4.

Fiz uma caminhada até uma pequena praia que me indicaram na rodoviária. Era uma praia curta. Logo no começo tinha um caminho formado por pedras enfileiradas — artificial — que te dá a impressão de caminhar sobre as águas e proporciona uma boa vista da cidade. Como se você viesse do mar pra terra. A praia tinha pouco mais de duzentos metros de extensão, a maior parte coberta por amendoeiras, de folhas grandes e raízes que marcavam a areia como veias saltadas. Foi debaixo delas, numa sombra densa, que sentei. Olhando para o mar eu podia ver os braços do continente atrás dos quais se escondiam pessoas e histórias. E atrás delas, mais. E mais.

Ali na praia, no que eu conseguia observar, o movimento se limitava a um quiosque aberto, um funcionário que rastelava as folhas caídas, muitos cachorros, e um par de pessoas fazendo exercícios funcionais na areia. Num caderno que eu tinha comprado antes de pegar o ônibus anotei algumas ideias pro futuro próximo. Eu tinha grana pra me manter por muito pouco tempo, isso não me deixava exatamente numa posição confortável. Não pela falta de grana em si, mas pela ideia abominável de talvez voltar para uma vida de oito horas e carteira assinada. Minha ideia era outra, na contramão, era colher histórias, escrever sobre elas, fotografá-las, transformá-las, dividi-las.

O cara que rastelava os dejetos na areia se aproximou perguntando se eu tinha uma seda. Dei uma olhada no bolso da mochila e resgatei uma por lá, toda fodida e amassada.

— Tá na mão, ó.

— Valeu, sabe como é, né? Ficar rastelando isso tudo aqui, ver a merda que todo mundo joga na praia, só melhora se tiver aquela brisinha na cabeça.

— Com certeza.

Ficamos em silêncio.

— Da onde cê é? Fala pouco né — disse ele.

— Tô num longo dia, cara, e ainda é de manhã.

— Precisar de qualquer coisa, tamo aí — disse, se afastando.

Fiquei por ali, olhando para o mar, reparei nuns pássaros negros que se projetavam do céu feito flechas para mergulhar no mar e pescar sua presa. Pensei na abordagem daquele cara, a fala num volume abaixo do natural, a humildade no trato e nos gestos, a falta de malícia estampada no peito. Quando um cara como esse me oferece algum tipo de ajuda, despreocupada, eu sinto na hora um tipo de verdade, descompromissada, dessas ausentes nas grandes cidades. Acho que era esse tipo de coisa que tinha me levado até ali, esse tipo de coisa que me fazia estar sentado naquela praia, naquele ponto, naquela manhã específica. Anotei sobre isso no pequeno caderno, aquela definição, só mais uma, pequena, dentre tantas outras. O que eu faria com isso em termos concretos era um vasto campo aberto entre o mar e a montanha.

Ainda sentando ali na areia eu tive um primeiro *insight*, sei lá, dessas coisas boas que te invadem sem ao menos você estar esperando, uma sensação de que a partir dali as coisas seriam diferentes. Talvez eu não devesse baixar a guarda tão rápido, mas eu vinha de alguns dias bastante complicados e resolvi me deixar levar por aquela zona temporária de felicidade. Estiquei uma toalha, estiquei o corpo. Ainda era muito cedo. Dei uma cochilada e acordei com uma lambida na cara de um cachorro grande, todo preto, simpático. Lambia e se esfregava.

O sol já ia meio alto, meu estado de espírito pedia uma cerveja gelada. As mesas dos outros quiosques, agora abertos, já tomavam a praia. Comecei a me sentir meio estrangeiro, tomando alguns olhares do tipo "Quem é você? O que você está fazendo aqui?".

Resolvi dar um mergulho desses que resgatam uma alma perdida e na volta peguei uma cerveja no quiosque mais perto. Voltei a sentar na toalha esticada. Puxei um livro da mochila, um desses *pockets* policiais vagabundos, eram os melhores companheiros de viagem que alguém podia ter. Tava imerso numa perseguição pelos bares de Nova York quando um gringo de uns dois metros de altura me abordou querendo comprar "alguma coisa". Trocasse o mar por vários arranha-céus, os barcos por carros e motos, eu me sentiria na narrativa. Tentei explicar no meu inglês medieval que eu não tinha nada, que até gostaria de ter, e essas coisas que se fala normalmente nessas ocasiões. O russo, acho que deveria ser russo, parecia ter virado a noite e depois ter sido atropelado por algum tipo de caminhão pesado, não ouvia muito o que eu falava e de repente começou a disparar sons, provavelmente, em russo. Ou algo muito perto. Aí realmente fodeu pra mim. O russo comprou uma cerveja e voltou pra sentar do meu lado. Tava começando a ficar meio incomodado, mas quando ele voltou, voltou calado. Ficou ali, por pelo menos uma hora, o russo, virado e atropelado, ficou ali do meu lado, uma hora, olhando o mar (será que olhava no sentido da Rússia pelo menos?). De repente ele levantou e eu soltei em português mesmo:

— Tu é russo?

Ele se enrolou entre um português recém-aprendido e um inglês meio esquecido:

— Não mais. Por aqui todo mundo perde as raízes. Isso aqui é um esconderijo, meu chapa.

"Meu chapa" foi por minha conta, mas aquilo me arrepiou, não porquê fazia todo sentido do mundo, mas pelo jeito do russão, tava perdido e muito longe de casa. Fiquei me perguntando pra onde ele iria depois. Senti uma proximidade, algo que se mostrava na busca de um caminho a seguir, afinal o russo não tava ali fazendo outra coisa que, imagino eu, não fosse buscando um caminho a seguir, mas eu não consegui dizer nada e ele seguiu.

Já tava na quinta cerveja e minha cabeça começava a pesar devido ao sol forte. Puxei a toalha mais pra sombra e não tinha a menor vontade de sair dali. Continuava sentindo alguma conexão especial com o lugar e com o movimento, uma seriedade com o instante, que eu precisava aproveitar, que eu precisava compreender, eu precisava daquele tempo. Precisava sentar ali e ficar. Quase como um exercício. O céu deu uma fechada e o que era azul virou um cinza tenebroso. Não teve pôr do sol. Eu ainda não tinha onde dormir. Eva disse que resolveríamos isso quando ela chegasse. Pediu pra eu ir me virando como desse. Eu tinha uma barraca, mas a menor vontade de pagar para montá-la em algum lugar "seguro". De valor mesmo só carregava uma Nikon já senhora, mas bastante funcional, e um computador pequeno onde costumava organizar as ideias previamente escritas no caderno. Durante o dia carregava o caderno, pra não perder as ideias, depois sentava para organizar aquilo de forma mais concreta. Tentava dar um sentido. Dar um formato. Não sei, exatamente.

A noite caiu rápida acompanhada de uma chuva fina. Me resguardei debaixo de um dos quiosques e um dos funcionários, que recolhia toda a parafernália montada durante o dia para atender a freguesia, encostou:

— Passou o dia todo aí ,né? Tá vindo de onde?

Eu tava meio bêbado. Não tinha intenção, ainda, de falar sobre mim, ainda não estava nesse nível de confiança, muito pelo contrário. O que eu mais gostaria, nesse primeiro momento, num lugar novo, era passar desapercebido. Totalmente, quase invísivel.

.— Cara, depois de conversar com um russo aí durante o dia, eu já não sei.

E emendei lembrando de uma música que eu não faço ideia de quem seja:

— Acho que sou de lugar nenhum e de um lugar qualquer.

— Papo doido hein, você mora por aqui? Tá de passagem?

— Também não sei direito, mas agora tô por aqui, pretendo ficar algum tempo.

— E qual era a desse russo aí? Era um loiro grandão?

— Esse mesmo, tá meio perdido, me pareceu. Mas quem não tá, não é mesmo?

Olhou pra mim meio que concordando por concordar. Imaginei que ele pudesse me oferecer um emprego ou um lugar pra dormir, essas paradas que acontecem nos filmes. Não rolou. Terminei de responder ele já se afastou continuando o trabalho.

Mais cedo, enquanto bebia uma cerveja sentadão na areia, tinha reparado num *camping*, bem de frente pra praia (a porteira era quase na areia), cheio de árvores, quase um bosque, me pareceu um lugar simples, talvez fosse viável ficar por ali, talvez conseguisse pagar um valor camarada, ou quem sabe conseguisse trocar a hospedagem por algum trabalho que eles precisassem (e que eu desse conta). Juntei as mochilas. O corpo dava uma zonzeada. Os *insights* já não eram, agora, tão otimistas. Era normal comigo. Já não me surpreendia vivenciar diferentes formas de olhar e sentir as mesmas coisas num mesmo dia. A porra do céu e o caralho do inferno. Ouvi o portão se fechando atrás de mim. Inspirava e expirava. Aparentemente tava tudo vazio. Pelo menos ninguém veio saber quais eram as minhas reais intenções ou se eu era algum tipo de revolucionário invasor de propriedade privada. Montei a barraca no lugar mais plano que achei. A chuva começava. Tirei o colchonete da mochila e joguei lá dentro. Não consegui nem organizar as ideias do dia no computador. Agora era um temporal, a pequena barraca chacoalhava e já era possível sentir a umidade nas paredes de plástico, uma bela recepção, pensei. Dava para ouvir o resmungo do mar com a chuva forte. Desmaiei na cama e sonhei com barracas sendo tragadas pelo vento forte.

5.

"Eva. 27 anos. Garota de olhos doidos e inquietos." Foi assim que registrei na cabeça nosso primeiro encontro. São Paulo nos envolvendo em algum bar barato de alguma esquina central. Fomos apresentados por amigos em comum, acho que olhei pra ela por tanto tempo que deixei vergonhosamente explícita a fascinação imediata. Eva irradiava uma porção de coisas que mexiam diretamente comigo, a forma como falava, como bebia, como se movia. Até que ela veio pro meu lado, talvez por não aguentar mais meus olhos procurando por ela. Fazia um puta frio, nossa conversa durou inúmeras doses de conhaque. Acabamos no apartamento de uma amiga dela. Os corpos nus, melados de um primeiro encontro cheio de tensão. Em determinado momento Eva colocou um som estranho para ouvir, uma coisa meio *dark*, mas com certa poesia — falada, em meio à melodia. De repente Eva citou Baudelaire, alguma relação com a música que tocava. Por que sempre Baudelaire? Eva falava e delirava sobre as formas curtas e as doses de maldades cotidianas. Eu sempre gostei de Baudelaire, e ele sempre me aparecia meio que magicamente, em situações estranhas, era uma peculiaridade, um traço, e provavelmente não queria dizer nada. Mas era, sempre, um gosto em comum bastante explosivo, confesso.

Nosso primeiro encontro, que eu ainda continuava achando empolgante, terminou quase ao sol do meio-dia. Marcamos de nos encontrar de novo em uma semana.

Levou muito mais que isso.

Era o que Eva fazia, planos, muitos planos. Fizemos incontáveis deles juntos, mas Eva tinha uma urgência maior. Outros planos apareciam e tomavam o lugar dos anteriores. Ela pulava de cá pra lá sem a menor cerimônia e desde os dezessete anos não sabia o que era morar mais de um ano no mesmo lugar, ou frequentar as mesmas rodas de pessoas. A impressão é que nada poderia prendê-la ou segurá-la por muito tempo numa mesma narrativa.

Eu me apaixonei definitivamente por Eva no nosso terceiro encontro, no mesmo bar do primeiro, com a mesma empolgação, com o mesmo sexo desprendido. Mas com algo diferente. Eva me deu a notícia de que viajaria em breve e não deu mais detalhes. Lugar, motivos, tempo. Tudo pra mim, agora, acontecia exclusivamente no plano da imaginação, eu não ousava, ainda, demonstrar fraqueza e me desesperar implorando para que ela me dissesse onde ia. Que me levasse junto. Mantive a compostura, mas doía, a compostura quase ruiu, eu quase ruí.

No mês que se passou até sua partida vivemos num tempo outro. As epifanias de ideias não eram meros clichês de um casal em êxtase sexual. Planejamos o que dessa vez parecia ser algo mais sério, algo pra quando ela voltasse do seu exílio mal explicado. Não conseguia segurar meu rancor em algumas situações, mas também não conseguia me furtar aos planos. Combinamos que nos encontraríamos numa cidade comum, Goitacá, uma cidade que nos unia pelo mar e pelas montanhas, nos unia pelas conversas onde descobrimos desejos comuns, obsessões partilhadas. E pelo caminho — uma rodovia cheia de mirantes mirabolantes de bonitos — que levava até lá, uma junção de coisas desencontradas dava sentido à escolha. Era isso, simplesmente, iríamos e ponto, sem delongas explicativas que acabam segurando as pessoas nos mesmos lugares por todo sempre.

Me propus a ir antes, por vontade própria e doses nada saudáveis de ansiedade. Eva me encontraria em breve para ajeitarmos as coisas práticas e darmos início ao nosso largo rol de vontades comuns. E alguns sonhos. Os próximos e os distantes. Os criativos e os banais.

O tempo de Eva era outro.

6.

Acordei meio colado no colchonete, a cabeça parecendo rachada. Com a umidade a barraca tinha se transformado numa sauna bastante inóspita, quase rasguei a combalida lona tentando me atirar rápido porta afora. Assim que consegui levantar, uma forte tontura me derrubou de novo, como se empurrasse uma criança indefesa. Eu não me sentia nada bem. Tentei vomitar, mas meu estômago parecia uma sala branca, totalmente ampla e vazia, acho que começava a entrar numa paranoia ansiosa das bravas, *dellirium tremens* total. Pânico. Passava a mão pelo corpo meio que pra tentar me sentir vivo, mas era um gesto totalmente descontrolado, era medo do nada, tinha reações rápidas a qualquer movimentação ao meu redor. Era difícil fugir, eu tinha essa parada que me acompanhava e só tentava lidar com ela da forma menos covarde possível. A certeza era que passava, deixasse as marcas ásperas que deixasse, eu não deveria dar o peso, era isso que aquela coisa gostaria, mas ao mesmo tempo era algo fora do controle, pelo menos desse tipo de controle que conhecemos, talvez monges budistas, ou de outra filiação qualquer, conseguissem colocar aquele ataque no bolso. Eu não. Então dava umas respiradas profundas e tentava seguir em frente. Um pouco menos tremente, mas talvez ainda delirante, fui procurar alguém responsável pelo lugar.

O *camping* era um terreno meio retangùlar com mais ou menos dois mil metros quadrados. Um pouco menos, talvez. Era bastante arborizado, o que o tornava quase um pequeno bosque de frente para o mar. Um lugar bastante silencioso, mesmo tendo algumas pousadas nas redondezas. Na entrada, havia dois pequenos banheiros e uma cabine, onde deveria ficar uma espécie de zelador e mais pro fundo uma pequena cozinha com fogão, geladeira, apetrechos, e uma mesa.

Atravessei o pequeno bosque. Logo que Eva viesse arrumaríamos algo melhor. Nada de firulas, coisa simples. Mas um lugar pra realmente ter a nossa cara.

Ao entrar mais pro fundo do terreno, notei também um pequeno cômodo, que de fora parecia ser um quarto, com um banheiro na parte externa. Estava bem escondido atrás de duas árvores de tamanho considerável. Bati palmas meio automaticamente, sem saber o que fazer. Minha respiração já tava bem mais normalizada. Lá de dentro saiu um cara mais velho que eu, beirando os quarenta, imaginei. Cabelo comprido, uma cara bastante amassada pelo sono, aparentando ressaca. Saiu, espreguiçou e soltou um "e aí, *brother*", mais natural impossível. Acendeu um cigarro. Tentei ignorar a vontade e a ansiedade que aquela fumaça me causava. Perguntei se era ele quem tomava conta do *camping*. Com a mesma naturalidade amassada de antes, olhando pro nada, disse: "isso mesmo". O cara exalava paz. Parecia ser a versão concreta e antagônica do meu desespero matinal.

— Você que acampou ali em cima?

— Foi — disse eu.

— Ali não é dos melhores lugares. Muito perto da rua significa mais barulho. E imagino que você não tá afim de muito barulho.

— Vou ficar pouco tempo, preciso ajeitar outro lugar, logo.

— Toma café? — ele perguntou meio encerrando o papo da barraca.

Se chamava Tomás.

24

7.

Tomamos um café na pequena cozinha, que, segundo explicou o Tomás, era um espaço comunitário, onde todos os hóspedes podiam preparar suas próprias refeições, se assim o desejassem. Primeiro ficamos em silêncio por algum tempo, água quase fervendo e de alguma forma a conversa começou a fluir. Tomás tinha herdado o terreno dos pais, tudo no boca a boca, por esses lados essa coisa de escritura é pura raridade. Chegara fazia apenas cinco anos. Não juntou muito dinheiro e só conseguiu construir os banheiros depois do primeiro ano. "O movimento do *camping* não é ruim", disse ele, "mas eu não estou muito preocupado com isso, não. Levo uma vida boa por aqui, tenho o suficiente. E tenho esse mar aqui na frente, e isso, meu camarada, é um grande presente". Tomás realmente mostrava preocupação abaixo de zero. Encerrou nossa conversa sem sequer perguntar o que eu fazia ali. Disse que precisava dar um jeito nos banheiros. Saiu e deixou pairando no ar a ideia de que ainda conversaríamos.

Saí pra dar uma volta pela cidade. Caminhei ladeando o morro, sempre subindo. Havia uma outra praia detrás, mas não tive forças de chegar até ela, era meio da tarde e eu já me sentia exausto e era um cansaço difícil de explicar, tinha uma grande parte dele envolvido com a incerteza, que contra todas as minhas vontades, sempre me deixava alerta um nível além do desejado. Tudo que eu não queria era me preocupar um nível além do desejado. Nunca mais.

Equilíbrio. Voltei para o *camping*, deixei a mochila que carregava e fui até a praia, o sol já estava numa descendente, resolvi dar um mergulho. Voltei pra barraca e li alguma coisa, transcrevi outras pro computador. Tentei não pensar nas coisas que me escapavam sobre Eva, sobre as ideias que pairavam ao seu redor. Ao nosso entorno. Ideias nossas. Que começavam a me fugir conforme os dias iam passando.

8.

Depois de uns dez dias morando no *camping*, Tomás ainda não tinha me perguntado até quando eu ficaria ou o que eu estava fazendo ali. A gente acabou desenvolvendo uma camaradagem e os dias foram passando e sem querer saber de muita coisa ele me ofereceu um trampo, na real consistia apenas em dar uma força pra ele em troca da moradia, e mais algum extra que sobrasse. Pra mim, estava de bom tamanho, daria folga pra uma grana que até então só diminuía. Acabou sendo um dia de celebração. Nos juntamos a um grupo de uruguaios acampados e fizemos um churrasco que durou toda a tarde e boa parte da noite. Os uruguaios eram quase todos músicos, faziam um som cheio de um *groove* animado que eu não entendia se era uma coisa própria do Uruguai ou algo de mais longe. Ainda não entendo. Àquela altura também não fazia a menor diferença, era contagiante, era o que valia.

Martina era uma das uruguaias do grupo, devia ter perto de trinta anos. Uma voz que conseguia tocar todo e cada pelo do meu corpo. Martina me falou diretamente aos sentidos. Uma parada sensorial mesmo. "Mística", diria ela mais tarde. Nos aproximamos quase de imediato, ela me perguntou de onde eu era e eu respondi que havia me mudado praquele lugar há pouco tempo, engatamos uma conversa sobre viagens, e ela disse que eu tinha sorte de morar num lugar tão bonito, acolhedor, acho que foi o termo que ela usou. Nos desvencilhamos do grupo por alguns momentos e fomos até à praia, onde gastamos alguns minutos calados, como se tentássemos absorver aquele encontro tão abrupto. A gente já estava bêbado pra caralho. As coisas foram fluindo num tempo que não era pré-determinado, era quase único, uma surreal criação do instante.

Em determinado momento, Martina já tinha a cabeça apoiada no meu colo, mesmo assim ela não parava, nunca, parecia querer viver todos os momentos em apenas um, e nesse um ela se demonstrava feliz. Bastante feliz. Eu pedi um lugar momentâneo na felicidade de Martina. Eu sabia que aquilo poderia gerar arrependimentos ou confusões desnecessárias, *pero*, o momento pedia que nosso superego ficasse enterrado na areia daquela pequena praia, bem fundo, roçando a porra do pré-sal. Voltamos ao churrasco e rimos e piramos. Tomás a essa hora dormia profundamente recostado todo torto no tronco de uma árvore. Sobravam de pé apenas um bravo casal. Eu não queria que acabasse. Senti que um princípio de realidade começava a pesar também em Martina. As coisas acontecem e acabam. De alguma forma, sempre foi difícil de aceitar.

Martina e eu dormimos juntos após um sexo meio melancólico, um sexo sabedor da falta de futuro e de recorrência de momentos como aquele.

Martina tinha um filho no Uruguai e voltaria para ele no dia seguinte. E eu, bem, eu tinha o tempo me encarando com nenhuma intenção de fazer amizade.

9.

Acordei com uma leve ressaca física e um peso monumental no meu psicológico. O dia nasceu meio encoberto e batia um sudoeste gelado, então aproveitei pra ficar um tempo a mais dentro da barraca. Tentava não pensar em Eva ou Martina ou o que Eva pensaria daquilo ou se Martina não poderia ter ficado. Nessas horas é que bate um tipo de sentimento maluco de amor por uma vida solitária e linear. Na real, é só o velho medo de sofrer ao ver as pessoas partirem de sua vida, uma após a outra. Acho que vamos ter que conviver com isso até o dia em que seremos nós a partir e todas as sensações se misturarem. Gastei mais uma meia hora dentro da barraca olhando pro teto de náilon com um buraco grande no peito que parecia ter sido aberto com algum instrumento sem corte. Precisava sair dali pra ajudar o Tomás na limpeza do *camping*, talvez rastelar toda aquela grama fizesse eu esquecer um pouco minha atuação no mundo, amenizar meu oco existencial. Ainda não tinha notícias de Eva e eu nem conseguia me sentir mal por isso, parecia que minhas preocupações estavam transcendendo a mim mesmo, não era mais eu quem controlava a confusão toda que se passava na relação entre as minhas sinapses.

Quando saí da barraca, dei de frente com a cara estragada do Tomás. Ele realmente tinha bebido muito ontem, encontrei ele ali, sentado num banco, olhando pro nada, como se o corpo dele ainda estivesse digerindo a quantidade etílica da noite anterior. Só disse bom dia e me sentei no

29

banco ao lado dele. Tomás balbuciou algo que eu imaginei ser também um "bom dia". Uns bons minutos de silêncio se passaram até ele perguntar:

— E a uruguaia, rolou?

Não era exatamente a conversa que eu queria ter. Eu queria mais uma conversa que envolvesse deixar todo o trabalho de hoje para amanhã.

— Ela já foi embora, Tomás, deixa isso pra lá — respondi.

— Porra, mas já se apaixonou?

Tomás parecia até ter melhorado da ressaca quando fez essa pergunta, cheia de uma maldade zombeteira.

— Não é questão de apaixonar, não. As coisas tão acontecendo muito rápido e ao mesmo tempo muito devagar. É muita gente que passa e vai embora — eu disse.

— Pô cara, tu não tá muito legal mesmo, né. Mas as coisas aqui são assim. Muita gente chega e logo vai embora. Você mesmo. Tá fazendo o que aqui? Você também não foi embora de algum lugar? Você também não vai embora em algum momento? Você também não deixou pessoas pra trás? É do fluxo.

Tomás adorava dizer: "É do fluxo". Eu até gostava. Acho que sintetizava um pouco da vida. As palavras dele me caíram pesadas, mas reconfortantes. De fato, eu também tinha deixado pessoas pra trás e talvez realmente nossa natureza fosse essa, de encontros e reencontros, de afastamentos e não-encontros.

Tomás se levantou e disse que voltaria a dormir, falou que depois daríamos um jeito no *camping*.

— Precisamos nos recuperar — ele disse meio sorrindo, com uma fisionomia malandra e já um pouco menos arruinada.

Me disse pra curtir uma praia ou quem sabe pegar carona num barco qualquer e dar um passeio pelo mar.

— O mar, às vezes, tem algumas respostas que nem imaginamos e não é papo clichê não, vai por mim — ele disse.

Parecia até que a ressaca tinha deixado Tomás meio filosófico. Ele voltou para o pequeno quarto e eu continuei sentado no banco, precisaria enfrentar esse dia com alguma dignidade, não me deixar ser esmagado por um episódio que eu mesmo tinha pedido. Levantei do banco imbuído de um quê ligeiro de esperança. O fantástico mundo onde tudo daria certo.

10.

Logo quando cheguei por aqui, uma das ideias que anotei no caderno e depois transcrevi para o computador tinha a ver com o mar. Eu queria me envolver com o mar, acho que tinha a ver com entender o que ele causava em mim, sensações contraditórias de infinitas possibilidades, porém solitárias. Quando Tomás me deu o conselho do barco, logo minha cabeça estalou. Era um bom dia pra tentar colocar em prática o que talvez fosse ficar só no papel, como tantas outras coisas. Me dirigi pra Ilha dos Lagartos, que, apesar do nome, não é ilha, mas um bairro, e um bairro bem mais carente do que o local onde o *camping* ficava. Ali floresce toda uma vida diferente, mais real, é como se o clima e os cheiros fossem de verdade, e é ali que fica o cais do pescador, onde não há barcos coloridos e pomposos de turistas, mas barcos de pintura gasta pelo trabalho duro, ferragem oxidada pela maresia, o mar sujo de óleo. Ali os barcos descarregam peixe e carregam todo tipo de material que precisa chegar nas comunidades mais distantes, onde as estradas não alcançam. Do *camping* até a Ilha não caminhei mais que vinte minutos, acontece que eu não conseguia parar de pensar, aquela coisa de ficar vazio, meditação, mente equânime, essas coisas sempre foram meio abstração pra mim, mas eu não deixava de pensar nelas, alguma coisa devia existir que não ficasse apenas num discurso pirado de autoajuda, mas, dessa forma, com a cabeça barulhenta, os minutos se tornavam lentos e quase desisti no meio do caminho. Eu me sentia obrigado a colocar as coisas pra frente de alguma maneira. Tinha visto Martina durante um único dia. Como ela podia se confundir com Eva? Um enigma que perseguiu minha sombra até os meus pés tocarem o cais. Conversei com alguns pescadores e nenhum deles iria pra lugar algum nas próximas horas. A preocupação em encontrar algum barco acabou aliviando as diversas vozes da minha cabeça, ou qualquer outra coisa que a atormentava naquele dia. Comi uma coxinha gordurosa junto com um caldo de cana — crucial pra ressaca — numa barraca meio improvisada para servir os pescadores e fumei um baseado (pra dar o xeque-mate na ressaca, que agonizava) debaixo de uma árvore, rodeado por urubus que, por sua vez, buscavam carcaças de qualquer coisa apodrecida vinda do mar ou da terra. A brisa bateu de leve e trouxe uma energia de dentro que andava meio preguiçosa, só aquilo já serviu para que eu me sentisse muito melhor. De repente, ouvi uma voz perguntando para onde eu queria ir, me virei e vi um cara relativamente jovem.

— Pra qualquer lugar no mar — eu respondi.

— Preciso entregar um material pesado, tijolo e essas coisas, ali na Praia Longa. Dá duas horas de viagem daqui, voltamos no fim da tarde, quiser me dar uma força, te garanto que vale a vista — disse ele.

— Tô dentro — não pensei duas vezes em dizer.

— Maravilha, eu te quebro uma e você me quebra uma. O mundo é justo. Eu sou o Jonas, e você?

Jonas tinha um barco pequeno. Era um barco de pesca, desses bem tradicionais, só que menor. Mostrou grande habilidade para manobrar em meio a um cais lotado, de maré baixa, que nos obrigou a sair bem devagar. Jonas era meio carrancudo, o que me permitiu ficar a maior parte do tempo calado, só perguntou da onde eu era (a pergunta que todo mundo parece obrigado a fazer, ou sei lá o quê, acho que a origem de uma pessoa é como a informação fundamental) e comentou algo sobre a dificuldade de carregar material de construção pelo mar. Eu sentei na borda do barco e fiquei observando uma porção grande de ilhas que emergiam a todo momento conforme o barco flutuava. Morar numa ilha é uma parada que permeia o imaginário das pessoas, acho, se ver cercado de um volume bruto de água, a sensação constante das impossibilidades, e não deixa de ser simbólico, um pequeno espaço de terra circundado pelo infinito. Senti uma tontura súbita e deitei no banco. Consegui, ao menos, me desvencilhar um pouco do dia anterior. Quando dobramos a última ponta de continente e avistamos a praia que, apesar do nome, não era assim tão longa, não mais que quinhentos metros, eu já estava mais leve. A vista era de uma beleza desconcertante, virgem. Ancorados ali apenas dois barcos de pesca e um veleiro. Jonas me disse que muitos veleiros paravam por ali, algo ligado à condição dos ventos. Eu sempre gostei dessa ideia de viajar com a força do vento, eu gostava de imaginar, me fazia pensar em liberdade.

Descarregamos os tijolos, algumas telhas, e eu entendi na prática a dificuldade daquilo e o esforço físico necessário. Eu não estava exatamente em forma. Barco, canoa, areia. Barco, canoa, areia. Barco, canoa, areia. Em três levas tiramos tudo. Meus braços e minhas costas, agora, pareciam se negar a aceitar as poucas ordens que eu tentava dar. A praia estava vazia, a não ser pela presença de um dos dez moradores, que além de ser o dono dos tijolos, era proprietário do único barzinho da região, um típico quiosque caiçara com uma cobertura de sapê. Jonas disse que os veleiros encostavam naquela região também por conta do bar, um dos únicos entre todas as comunidades da região. Sentamos pra tomar uma merecida cerveja. Mesmo o Jonas, que falava pouco, pôde ficar calado quando o casal que desceu do veleiro veio se aproximando. Falavam muito alto uma língua incrivelmente desconhecida, meio mórbida, pisavam duro e fundo na areia. Algo do leste europeu, pensei. Bem ao leste. Eles eram altos e tinham a expressão carregada, possuíam hematomas pelo corpo, principalmente na região do rosto e braços. O caiçara dono do quiosque cochichou que nem inglês eles falavam, e deu uma risada meio nervosa. A comunicação era no gesto. Continuamos por ali enquanto os gringos se sentaram numa outra mesinha. A comunicação deles, não sei se por causa do idioma, tinha um ódio latente, desses que só a falta de sentido pode conceber, dava pra sentir a energia densa que envolvia a cabeça dos dois. Ficando de pé, subitamente o homem deu um sonoro tapa na mesa que colocou tudo abaixo, a mesa quase se desprendendo da areia. A mulher permaneceu impávida (parecia estar morta), os olhos perdidos, até que de repente, após um grito assustador, partiu pra cima dele aos murros. Acertou o primeiro soco meio na orelha, mas depois o homem já conseguiu se defender melhor e entre as agressões desencontradas, rolaram violentamente na areia escaldante. Ficamos sentados na pequena mesa de madeira fincada no chão de terra, dominados pela perplexidade. Quando, finalmente, corremos para apartar, fomos claramente repelidos, como se a raiva dos dois agora, e do nada, se voltasse para nós. Usaram palavras que, nunca, mas nunca na minha vida eu conseguiria pronunciar, mas com certeza não era algo amigável ou pacífico. Quando terminaram de gritar correram de volta para o veleiro e logo pudemos notar as velas se içando e o movimento do barco se afastando da praia. Só nessa hora eu percebi que o Jonas já se encontrava meio bêbado e tínhamos todo o caminho de volta, apressei nossa partida. Na viagem de volta, onde eu mantive um olho no Jonas, eu só conseguia pensar naquele veleiro e o quão surreal tinha sido aquela cena, o tanto que ela rompia com todo o contexto que tínhamos a nossa volta. Tive a impressão que o mundo andava desvirtuando até as coisas que mais se assemelhavam à liberdade. Não era a questão da briga física, mas de toda uma energia que aquilo carregava, uma certa falência das pessoas em se comunicarem civilizadamente. Eu não sabia nada da vida deles, mas tinha direcionado a minha para de alguma maneira nunca chegar num ponto incomunicável (apesar, ou talvez, justamente, por já tê-lo vivido), onde as pessoas quebram coisas na parede, se destroem, abandonam a humanidade num beco escuro como um troço velho e desprezível. Acho que pela primeira vez eu começava a trilhar um tipo de caminho individual, único, e começava a ter consciência disso. Sabia que o mar me observava e de alguma forma aprovava aquilo tudo. O mar tinha respostas e eu me sentia delirante.

Jonas se manteve firme apesar de meio calibrado, encostou no cais da Ilha com a mesma habilidade da ida, era já cinco da tarde, o tempo tinha clareado e um fim de tarde bem agradável se aproximava. Voltei caminhando devagar. Me sentia mais leve que de manhã e isso já era alguma coisa.

Entrando no *camping*, o marasmo imperava, a brisa não era capaz de movimentar nem as folhas das árvores mais leves.

11.

Quando eu acordei, Tomás já estava vestindo suas luvas de borracha mais uma galocha velha, o que deixava claro que ele encararia a limpeza dos banheiros. Automaticamente, eu pegava o rastelo e, pode acreditar, tirar da terra as folhas, bitucas e outras pequenezas era melhor do que tirar qualquer coisa do banheiro. E, além de me garantir o lugar para dormir/morar e mais algum dinheiro (pouco, mas dinheiro), varrer aquelas folhas no chão acabava sendo uma terapia. Aquilo levava algumas horas nas quais eu só sentia a brisa (a real, não a induzida), quase não pensava em nada. Estávamos meio fora de temporada e num meio de semana. O *camping* ficaria vazio por pelo menos mais alguns dias.

O problema dos dias de marasmo era, como sempre, Eva. Martina me aparecia nos dias mais agitados, quando eu lembrava do nosso encontro no meio daquele churrasco. Mas nesse instante era Eva, que não havia ligado, e eu já me conformava que provavelmente nunca ligaria. Acho que no fundo eu só mantinha as esperanças para ter no que pensar, ter com o que me preocupar. Nossa cabeça é esse parque de diversões dissimulado. Não nos permite vacilar pela tranquilidade, nos açoita com coisas que talvez já deveriam ter sumido, inclusive do horizonte, mas não. Eva estava sentada no último ponto no qual minha vista ainda conseguia pousar. A verdade é que nós não tínhamos nada em comum, não adiantava eu teimar, tal qual criança birrenta. Por isso foi tão fácil me apegar em Martina num piscar de tempo e por isso também me doía que ela tivesse ido embora tão rápido.

Me aproximei de Tomás precisando puxar papo. Talvez contar sobre minha espera, que de alguma forma era o motivo de eu estar ali, morando num *camping*, e não numa casa, pensão, ou qualquer coisa mais convencional.

— E aí, Tomás, muita merda por aí? — cheguei numa intimidade que eu ainda não tinha certeza se tinha.

O Tomás não era um cara tão aberto, a não ser quando bebia um pouco. Mas aí, creio eu, todos somos.

— Vai zoando, semana que vem trocamos de papel e tu fica com o banheiro.

Era justo, mas eu devia ter mantido a boca fechada.

— Saca só, Tomás, você já ficou esperando alguém por muito tempo? Digo, uma mulher. Aquela coisa meio romântica sobre um dia alguém que foi, voltar, tipo magicamente, pra você.

— Cara, já esperei pra caralho, sério, mas, por isso, hoje tenho certeza que isso é cagada. É meio que uma suspensão da vida. Você age, pensa, se movimenta, come, esperando aquilo acontecer. Em função daquilo, pegou? Faço mais isso não. Mas eu saquei que tu tá nessa. Desde o primeiro dia que apareceu aqui todo perdidão.

Na verdade, eu poderia argumentar com Tomás que todo mundo espera algo, que todo mundo é "meio perdidão". Não era disso que eu queria falar, mas ele estava certo pra cacete, precisei que ele falasse pra eu lembrar que já sábia, apenas não colocava em prática, como tantas outras coisas.

— Pois é — confessei de forma pouco incisiva. — O nome dela é Eva, e ela disse que viria pra cá me encontrar, e ela já tá bem atrasada, pra não dizer que provavelmente nem esteja vindo. Não tenho notícias há semanas. Não posso negar que isso tem me tirado um pouco da rota.

Tomás tinha voltado a esfregar o chão do banheiro.

— Rapaz, olha a imensidão que desfila aí na frente. Você pode até sentir. É inútil fingir que nada acontece. Mas não desperdiça tempo, tu parece ser um cara esperto — Tomás disse enquanto continuava esfregando o chão.

— Valeu Tomás, vou pensar em tudo isso. Aliás, já tô pensando. E sou muito grato de poder estar aqui também, esse trampo tá salvando, e sei que você tá fazendo isso mais pra me ajudar, do que por necessidade, sei que a grana é curta. Enfim, vou continuar o trabalho lá fora, quem sabe não tomamos uma cerveja mais tarde e falamos mais?

— Fica na paz, cara, tem o bastante pra gente dividir. E vamos tomar essa cerveja, com certeza — de alguma forma aquilo pareceu animar ele.

Terminei o serviço antes da hora do almoço e, como vinha sendo corriqueiro no meu dia a dia, mais uma longa tarde se apresentava pra mim, sorridente, braços totalmente abertos e dispostos a qualquer coisa.

Esses longos períodos de tempo ocioso — principalmente durante as tardes e noites — podiam sempre se converter em situações bem diferentes, normalmente bem opostas. Podia-se ficar ao sabor dos acontecimentos, flanando, uma cerveja gelada, um passeio no cais, a cabeça leve, podia-se sofrer de um bruto desencanto ou de um excesso de negatividade vindo do além, um tropeção em uma das pedras do centro histórico e xablau, sua cabeça já não estaria mais segura. A conversa com Tomás havia me enchido de uma autoconfiança complacente.

Hoje era um bom dia para a ociosidade. Vagar, e, porque não parar de enrolar, e usar os termos precisos, eu desejava vagabundear, de todas as formas possíveis, construir alguma coisa, desejava tanto que a maior parte do tempo eu não sabia o que fazer com isso.

12.

Saí do camping com a única finalidade de não ter nenhuma finalidade até o dia seguinte. De não precisar me preocupar com o que estava por vir, com quanto tempo eu ficaria, que porra eu tava fazendo ali, eu apenas saí, pensei em caminhar pela cidade ouvindo um som, mas depois de um tempo por aqui percebi que as ruas sempre tinham algo a dizer, fosse uma banalidade qualquer, fosse alguma história complexa envolvendo violência entre vizinhos, facções, ou algo assim. Eu gostava das histórias que desfilavam pra mim enquanto eu passeava despreocupado. Atravessei a rua para dar uma olhada na praia vazia, fazia coisa de vinte graus e aqui em Goitacá isso era considerado "friozinho". Realmente a brisa vinha um pouco gelada, o que pra mim só tornava tudo muito mais agradável. Segui pela calçada que margeia o rio, alguns barcos atracados sem ninguém dentro, a cidade parecia especialmente silenciosa: ou era só a ideia que eu fazia a partir do meu próprio estado de espírito. Depois de atravessar a ponte, caminhei durante uma hora pelo centro histórico. Não me cansava caminhar por ali, apesar das pedras imperiais extremamente irregulares que regularmente estouravam minhas havaianas e forçavam meus ligamentos. Fiquei um pouco ali pela praça, e as pessoas passavam, e passavam, e eu não conseguia fazer ideia do que cada uma delas fazia. Seus rostos e olhares naquele momento não me denunciavam nada. Já devia ser perto das cinco horas, quando o Tomás apareceu sorrateiro, lembrando da breja que combinamos de manhã. Fomos logo pra um bar que ele conhecia já na parte mais nova da cidade. "Bem mais em conta", pontuou de forma experiente.

Tomás estava animado e chegou contando alguma piada com o nada convidativo dono do estabelecimento. Seu Agenor (o nome dele eu só soube bem depois) tinha um semblante fechado e quase não ouvi sua voz a noite toda. Cumprimentou o Tomás com um resmungo e um aperto de mão. Eu ganhei só um olhar desconfiado. Tomás explicou — cochichando — que seu Agenor tinha perdido uma boa parte da vida encarcerado por pirataria.

— E pirataria das antiga mesmo, marítima, saqueavam inclusive navio de turista pelo que dizem por aí. Como você já pôde notar e pode imaginar, obviamente ele nunca tocou no assunto. Pessoal que espalha a história por aí, virou lenda — Tomás quase sussurrava.

Eu achei a história extremamente venturosa, mas pouco confiável, tinha muito romantismo até na forma que o Tomás contava, com olhos de mistério. Mas realidade ou ficção, a história transformava o tempo naquele bar ainda mais atrativo, e pouco importava realmente a veracidade de um fato quando as coisas se confundem tanto como nos dias que corriam. Por momentos, a minha cabeça não conseguia mais distinguir completamente coisas factíveis de coisas fantasiosas, e não é pela qualidade da ficção mas sim pelo absurdo que é a vida.

Finalmente tomei coragem.

— Tomás, como você veio parar aqui, cara? Evitei essa pergunta por um tempo, mas já tá na hora — e dei uma risada forçada para disfarçar o sentimento de um puta bêbado folgado.

— Foram muitas circunstâncias e eu poderia inventar tantas outras.

Tomás tinha como um traço próprio justamente isso: não dar respostas claras para as perguntas incômodas. Você ficava ali esperando que talvez ele continuasse, mas ele parava nisso e cabia ao seu interlocutor saber se devia ou não continuar a conversa.

— Não me importa se é verdade, escolhe a que mais agradar, eu insisti.

Ele ainda levou uns cinco minutos para começar a falar, ficou se esgueirando, disfarçando, uma hora parou, me olhou sério, como talvez eu nunca tivesse visto o Tomás olhar.

39

— A gente não se isola num lugar qualquer à toa, é sempre um processo dolorido, e nesse caminho a gente sempre se envergonha de algumas coisas, mesmo que talvez saibamos da necessidade de certas coisas acontecerem. Por isso que não gosto muito de tocar nisso. Eu machuquei pessoas, psicologicamente, pra dizer o mínimo. Feri quando talvez não precisava, mas me machuquei muito nisso tudo. E uma hora você simplesmente cansa e sai fora e machuca mais gente e se machuca mais ainda. Depois de um tempo as coisas amenizam. E foi assim que eu vim parar aqui, e hoje talvez eu esteja perto de um tipo de paz, uma que eu nunca tive, mas é só um palpite, não tenho certeza de nada.

Eu não poderia querer uma explicação mais sincera. Talvez eu nem esperasse tanta sinceridade do Tomás e aquilo de alguma forma me entortou a espinha. Na mesma hora o passado sentou no meu ombro. Pensei em Eva e, de uma forma diferente, na transitoriedade de Martina. Em como as coisas escapam e são engolidas por coisas novas. Em como as coisas passam sem que tenhamos muito controle, e sem que sintamos um peso enorme pelo que acontece aos outros. Como elas passam antes de vermos que nós mesmos já fomos esmagados há muito tempo.

— Fico feliz que você se sinta assim hoje, Tomás. Perto de uma forma de paz, seja de que tipo ela for.

Brindamos, e era um brinde realmente feliz, mesmo que nossos olhos estivessem bêbados e pesados de melancolia.

13.

O cais do pescador era um dos meus lugares preferidos na cidade. Ele não tinha beleza nenhuma, pelo contrário; ele tinha dureza, aço, cordas, ferrugem, era o que me chamava a atenção. Eu sentava em qualquer lugar e ficava observando o trabalho duro, as pessoas andando de um barco pro outro, soldando pedaços de ferros já quase comidos pelo mar. Eu não sabia direito como explicar, mas eu tinha um sentimento específico quando sentava ali, um sentimento ligado à realidade. Me sentia são e disposto, como se observar toda aquela maquinaria sendo reparada tivesse em mim um efeito de reconstrução. Era estranho estar numa cidade infestada de pontos turísticos e encontrar conforto num lugar cheio de concretude — por vezes, feia —, mas que talvez, por isso mesmo, por essa proximidade tão real com a vida, me reconectava com algumas coisas fundamentais. E um cais é esse lugar de vazão, é dali que as coisas partem, é ali que as coisas chegam, um lugar onde tudo pode fazer sentido, ou tudo pode significar apenas desencontros, um barco que não chega, alguém que não espera um barco chegar. Fiquei ali fazendo algumas anotações, os urubus sempre por perto, alucinados. Busquei uma cerveja num pequeno bar improvisado, sentia meu corpo relaxar, minha cabeça obedecer ao momento, tinha dias assim, que as coisas funcionavam, que não era preciso trocar palavras. Os pescadores passavam e invariavelmente meneavam a cabeça, simpáticos, a tranquilidade de quem tem um dever claro, ancestral, e vive para cumpri-lo, simples assim.

14.

Eu e o Tomás saímos do bar bastante bêbados. Misturávamos melancolia com certa leveza, um traço bem característico das grandes bebedeiras. O flerte constante entre o choro e o riso.

No dia seguinte, pela manhã, já não me sentia bem, acometido por um fatalismo súbito, sem motivo aparente, mas aquilo não era exatamente inédito, e talvez eu nunca me dispusesse a contar sobre o que eu pensava serem as verdadeiras raízes daquilo. Obviamente devia ter relação também com Eva, que continuava sem dar notícias, mas não só. Por momentos, eu até pensava se ela era real ou se vivia num surto constante e era tudo criação de uma mente fora de controle. Não era só um fatalismo em relação ao futuro, mas um fatalismo em relação a um passado mal curado. Eu simplesmente não soube controlar. Costumava chamar esses momentos de "momentos de desconexão", porque era isso o que eu sentia, uma desconexão com todas as coisas entre o céu e a terra nas quais eu acreditava, e para além do céu e da terra também. Todas as coisas que me faziam sentir tesão pela vida, pelo estar vivo, até beber e foder, de repente desapareciam ou se tornavam meras bobagens desinteressantes. E no fim não sobrava nada, era um grande oco, um grande buraco negro. E esses momentos não obedeciam a regras pré-estabelecidas de funcionamento, muito pelo contrário, toda indefinição da situação me tragava ainda mais para o epicentro do redemoinho. Era necessário reconectar ponto por ponto da existência.

Passei a semana basicamente me arrastando e flertando com essa ideia de uma quase autodestruição. O Tomás percebeu toda a situação e tentava ajudar. Eu só pensava em mandar ele e qualquer um que chegasse perto de mim ir se foder.

Aos poucos, bem aos poucos — na verdade pareceu que levou duas vezes o tamanho da porra da eternidade —, eu comecei a ter, ao menos, mais controle sobre o que eu estava sentindo. Ou melhor, deixando de sentir. Comecei a perceber a raiz daquela apatia súbita, daquele humor soturno, tinha a ver sobretudo com essa ideia da fatalidade, não a fatalidade em si, mas a avalanche psíquica que ela acarreta e que varre todas as convicções que enxergamos pela frente. Tive toda essa conversa também com o Tomás, pedi desculpas pelo meu comportamento.

Era uma quinta-feira, e depois de uma semana inteira voltei a encostar num livro, devagar, escrever alguma coisa, fiz também algumas caminhadas longas, tentando desintoxicar. Preenchi porcamente algumas folhas em branco. Reli. Nunca escrevi tão mal, mas era bom voltar a me sentir presente, regressando de algum lugar escuro, a luz se imiscuindo aos poucos pelas frestas da consciência. Quase reintegrado. Amassei as folhas e joguei no lixo, esbocei um quase sorriso, me sentia com o sangue quente, ansiava pelo final de semana, ansiava pelas pessoas que conheceria e sentia saudades leve — calorosa — dos que estavam distante.

A imagem que me vinha na cabeça, agora, era o lá e o cá se fundindo como numa eterna dança xamânica, parecia loucura, mas era realidade.

Eva continuava sem dar notícias, mas eu, agora, não dava a mínima.

15.

Teríamos um festival de *jazz* no final de semana e o *camping* começou a lotar já na sexta pela manhã. Acampar estava na moda. Inclusive para as famílias mais tradicionais, sendo que o pessoal que chegava era bastante diversificado. Caretas, malucos, família de caretas, família de malucos, os indecifráveis. Pessoas sozinhas, dupla, trio, quarteto, um ônibus todo. Tomás já havia me avisado que era um final de semana dos que mais trabalharíamos no ano. "Mas é um dos que mais nos divertimos também", emendou ele, me devolvendo rapidinho o sorriso safo pro canto do rosto.

Na noite de sexta, resolvemos fazer o bom e velho churrasco, "o churrasco sempre agrega", era um lema que criamos, Tomás e eu. Durante o dia, o *camping* ficou vazio com todo pessoal passeando pela cidade e curtindo um *jazz* ao vivo na praça da igreja. É nessas horas que a prainha da frente ficava deliciosa pra dar uma relaxada. Tomamos umas cervejas durante o dia e acendemos a churrasqueira lá pelo começo da noite. Os shows tinham uma pausa até as onze, o que nos daria um bom tempo para tentar socializar todo mundo ao redor daquele pequeno fogo quase improvisado.

Os primeiros a se aproximarem foi um casal de brasileiros, desses bem turistas, que vão pra praia de bermuda jeans e tênis, era só uma constatação prévia, não isenta de preconceito, porquê na verdade era um casal bastante divertido. A bebida é capaz das maiores tragédias e também das transformações mais inesperadamente bonitas. O futuro que ficasse pra depois com suas ressacas e culpas infindáveis, nós, e eles, estávamos ali, agora, já. Os dois eram de São Paulo e era a primeira vez, em anos, que viajavam. "O trabalho não deixa", ele dizia enquanto buscava a confirmação nos olhos dela. Outras pessoas se aproximaram. Era estranho como algumas, de imediato, agarravam a empatia pelo colarinho e permaneciam, enquanto outros se achegavam, mas por algum motivo estranho a nós, partiam rapidamente, às vezes cochichando baixinho alguma monstruosidade sobre nossos hábitos etílicos e carnívoros, às vezes apenas constrangidos pelas diferenças.

Muitas pessoas passaram por nosso pequeno fogo, depois se foram, de volta à diversão gratuita na praça da cidade. Tomás tentou me animar a ir também, mas toda aquela transação de gente tinha me deixado um pouco saudoso. Sentia falta de Martina, aquele churrasco só poderia me lembrar Martina, e bebi cada vez mais, o *camping* ficou vazio, o mar calmo. Fui ficando ali, observando quase nada, vendo coisas que eram inúteis, distante dos olhos. Alguns voltavam pra buscar algo na barraca, um ou outro casal aproveitava o espaço vazio para ter um motel quase privado. Era isso, era cada um vivendo sua vida de um jeito particular, era o jeans e tênis na praia, eram os solitários e os gregários, era eu ali, que me sentia totalmente vulnerável com minha cerveja na mão, era eu imprudente, que mergulhei na escuridão, bêbado, por quase uma hora, e voltei são e salvo com um anjo da guarda pendurado no meu tornozelo. Mas eu não me sentia mal, eu já me acostumava a viver fora da bolha, a conviver com idas e vindas, chegadas e partidas, laços emocionais extremamente frágeis.

Eu ainda estava num processo. De fora, parecia bonito, por dentro tinha um vazio estranho que parecia não se completar nem com toda leitura, conversa, bebida, sexo, praia, maconha, ou o que quer que fosse o escape do momento. Eu continuava me sentindo nu diante da multidão das minhas próprias escolhas. Nu, melancólico, vulnerável e muito satisfeito.

16.

Acordei com o casal da noite anterior dando pequenos tapas na porta da minha barraca. Eu não fazia ideia de como eles sabiam que era ali que eu dormia. Morava, na verdade. Abri os olhos com dificuldade quando reconheci as vozes. Era manhã de sábado, porra. Eu trabalhava ali, mas não desse jeito. Até o Tomás, com certeza, devia estar dormindo. Saí meio carrancudo, mais pela ressaca do que pela chateação, dei de cara com os dois ali de pé, parados, fiquei olhando pra cara lavada deles, sem saber muito o que dizer. Perguntaram como eu estava e se eu precisava de ajuda. Eu devo ter ficado alguns minutos pensando no porquê deles me perguntarem aquilo. Demorei pra responder e tentei me sair com algo do tipo:

— Todo mundo precisa de ajuda nessa vida doida, né?!

Eles riram meio de lado, meio amarelo, e reafirmaram:

— É sério.

Disseram que tinham sentido na minha conversa da noite anterior que eu passava por algum momento especificamente complicado. Eu nem lembrava de ter falado muito na noite anterior. De forma que agradeci, mas reafirmei que comigo, tudo ok.

— Podemos ficar tranquilos? — ela perguntou num esquisito tom maternal.

Aquilo começava a ficar muito estranho. Reiterei que estava tudo ótimo, tirando a ressaca. Se afastaram um pouco, então ele parou, deu meia volta.

— Quer almoçar com a gente? Por minha conta.

Cara, eu tinha acabado de acordar, ou melhor, de ser acordado, de mau humor, mas eu não recusaria comida grátis. Marcamos na praia, dali a uma hora.

Levantei, fiz todo o ritual higiênico que a boa saúde pede, comi uma fruta e acendi um fininho pra rebater a ressaca. Por algum tempo fiquei sentado na porta da barraca, bem na brisa, cabeça leve, quase esquecendo do almoço. O Tomás ainda não tinha dado as caras, o que me impedia de comentar com ele sobre o encontro matinal nada casual. Muitos hóspedes já começavam a se arrastar para fora de suas barracas parecendo grandes cobras avariadas e reviradas de dentro pra fora pelo álcool. Resolvi sair logo dali, antes que começassem a me pedir coisas. *Camping* não é pousada, é difícil pra algumas pessoas entenderem isso. No *camping*, você tá ali — ou deveria estar — por um contato maior com a natureza, por poder andar descalço na lama, sem camisa, desgrenhado. Não tem comida na boca, toalha seca ou funcionários à sua disposição. A experiência é diferente. E muita gente não tá afim dessa experiência, mas não tem grana pro hotel ou pousada. Obviamente que, de alguma forma, se frustram. E quando se frustravam era o meu saco que enchiam.

Cheguei na praia antes do horário marcado. Encostei numa árvore, com fome de peixe fresco, mas com certa ansiedade também. Como eu disse, não me lembrava de ter conversado muito com eles. A única lembrança era de um casal careta, mas simpático, na faixa dos cinquenta e poucos anos.

Vi quando eles dobraram a rua e vieram no sentido da praia. Não sabia muito bem o porquê, mas eu tive todo tipo de pressentimento do mundo, dos melhores aos piores, dos emocionantes aos mais insossos. A caminhada deles até onde eu estava ocorreu em câmera lenta, das mais lentas que já vi.

Quase nada fazia sentido naquela manhã de sábado.

17.

Marieta e Roberto — finalmente se apresentaram — quiseram saber qual dos quiosques eu indicaria para o nosso almoço. A praia da frente do camping era composta de seis quiosques. Por algum acordo que com certeza deveria ferir alguma lei protetora da clientela, todos eles praticavam mais ou menos o mesmo preço e serviam quase as mesmas coisas. De opções individuais apenas o tradicional P.F.— carne acebolada, filé de peixe, bobó de camarão, bife à parmegiana, filé de frango ou lula. Algumas porções clássicas, mas nada de pastel ou sanduíche. Por algum furo nesse trato entre os patrões, o quiosque do Marcelão conseguia ter um diferencial: a cerveja era mais barata. Com um diferencial desses talvez eles nem precisassem vender outra coisa. Não sei se os outros comerciantes sabiam que o Marcelão cobrava menos por uma cerveja. Ele era o cara que tinha me abordado no meu primeiro dia por aqui e acabamos tendo boa prosa desde então.

Todo esse preâmbulo para dizer que obviamente indiquei o quiosque dele, onde eu tinha grandes esperanças de comer o P.F. de lula e tomar uma cerveja. Na verdade, eu não sabia exatamente o que eu tava mais afim de saciar, a curiosidade ou a larica, mas meu astral era bom e era sábado e tinha alguma coisa acontecendo.

Apresentei a Marieta e o Roberto pro Marcelão. Na verdade, foi ele quem tomou a frente e foi se apresentando enquanto distribuía os cardápios. Quando se afastou virei meus olhos de volta para o casal. Foi nesse momento que eu percebi que tinha algo — além da obviedade aparente — acontecendo ali. Antes que eu pudesse recobrar qualquer tipo de tranquilidade, Roberto finalmente abriu a boca.

— Então, a questão é que nós somos os pais da Eva — ele disse sem olhar direito pra mim. O Marcelão, que deve ter ouvido o papo de longe, nem voltou a se aproximar da mesa. Eu não sei dizer o que aconteceu comigo exatamente, acho que fantasmas começaram a sobrevoar a praia. Eva nunca havia comentado muito sobre seus pais de forma que eu não entendia a presença deles ali, a princípio parecia alguma espécie de jogo de mal gosto, ou algum desses *reality shows* tipo o "O show de Truman". Acho que olhei instintivamente em busca de câmeras ou coisas do tipo, beirei o ataque de pânico, a paranoia, a mania de perseguição. E outra, agora ficava claro que ela recebia meus e-mails e mensagens. Apenas eu é que não tinha notícias dela. Minha cabeça deu *loopings* vertiginosos ao redor de toda minha espera por Eva.

— Como é que é? Que papo é esse? Cadê ela, então? — foi o que consegui balbuciar assim que parei de tremer.

— Não temos contato com ela há dois meses, e não temos mais motivos para acreditar que ela não esteja metida em alguma encrenca, ou que algo de ruim tenha lhe acontecido — disse Marieta, antes de cair em prantos.

— A última vez que nos falamos ela estava em algum lugar no Uruguai, mas não deu mais detalhes, apenas disse que estava vindo para essa região. Não mencionou você, mas foi o que deduzimos quando tivemos acesso à caixa de e-mail dela — disse Roberto enquanto passava as mãos suavemente pelos cabelos de Marieta, tentando, em vão, consolá-la.

Fiquei mais algum tempo sem conseguir expressar qualquer coisa sonora e provida de sentido.

— Eu não sei o que dizer, eu tô esperando ela me dar notícias há meses, tem sido um tempo bastante duro. Eva me disse muita coisa, entre elas a de que me encontraria aqui. Mas nunca mais respondeu minhas tentativas de contato. Eu sinceramente já tava tocando minha vida. Essa situação toda suga minha paz, eu não sei o que dizer pra vocês, não faço ideia de onde ela possa estar — pontuei, tentando manter uma voz firme.

Não posso negar que aquela situação me irritava os nervos na medida que tornava a jogar nas minhas costas uma coisa da qual eu tentava me livrar, a base de muito esforço, havia semanas. Tive vontade de sair dali e mandar que eles se virassem porquê eu não tinha nada a ver com aquilo. Naquele momento, parecia que eu tinha um alfinete espetado em cada órgão do corpo. Ficamos em silêncio por mais algum tempo. Marieta já tinha parado de chorar, mas ainda soluçava.

— Eu sei que você deve estar com raiva dela, não posso negar que por vezes me pego com esse mesmo sentimento, diria mais, às vezes é ódio o que eu sinto, ódio da falta de consideração, e me culpo, óbvio, por ter esses sentimentos pela minha própria filha. Em outros momentos, é dó o que eu sinto, já não sei de mais nada — disse ela em meio a soluços.

— Não é questão de ter raiva ou não, mas Eva mexeu com a minha sanidade, ela me jogou na porra de um buraco escuro, me trancou lá e levou as chaves. Dá pra entender? — eu disse num tom de voz mais alto do que eu considerava correto.

— Eva sempre foi assim — continuou ela —, parecia que sua personalidade sempre carregava esse desejo de sumir, mas sua peculiaridade era justamente a de voltar, quando a gente menos esperava. Te peço perdão. Ela nunca ficou tanto tempo longe. Na verdade, não esperamos que você possa fazer muita coisa, também já tentou ir atrás dela. Mas não tínhamos como não te procurar, de alguma forma você estava na vida dela, pelo menos foi o que pareceu quando vasculhamos todas as coisas que ela deixou pra trás. Tínhamos uma pequena esperança de conseguirmos alguma informação — disse ela.

Eu já não tinha condições de ficar ali na frente dos dois, senti que precisava arrancar todos os dentes, cortar um dedo fora, dar cabeçadas no meio fio, algo que fizesse eu sentir alguma coisa. Eu estava meio fora do ar, como as televisões ficam, com aquele chiado intermitente.

— Eu também achava que estava na vida dela, mas a senhora não tem que pedir desculpas por algo que não fez, não tem esse dever. Eu não sei como posso ajudá-los. Desculpem, mas eu tenho que ir — me levantei e já estava longe quando ouvi Roberto perguntar se eu não ia querer comer alguma coisa.

18.

Ainda com as extremidades trêmulas cheguei no Tomás e, mesmo sabendo que o dia seria duro pra ele, pedi o resto do sábado de folga. Não contei o que tinha acontecido, mas imagino que a minha aparência era muito mais expressiva do que qualquer frase que eu pudesse construir.

— Vai lá cara, eu me viro aqui. Se cuida e quando voltar nos falamos melhor — disse o Tomás.

Ele era um grande cara e a forma como teve sensibilidade com a questão serviu para me acalmar um pouco.

— Valeu mesmo, Tomás, te devo essa, e outras — disse e saí com passos rápidos sem direção.

Não queria topar com Roberto ou Marieta novamente.

Segui pelo calçadão da beira rio e sentei no primeiro banco fora da vista de quem estava na praia ou no *camping*. Me virei para o lado do rio, vários barcos de passeio ancorados à espera de turistas felizes interessados em conhecer a região. Dali os barcos estão a menos de cem metros do mar.

Sentado naquele banco tentei enumerar na minha cabeça todos os lugares onde Eva poderia estar. Obviamente era uma tarefa totalmente vazia de significado prático, mas era o que eu podia fazer pra tentar não surtar e me afogar com aquela situação toda. Era impossível pensar em um lugar que tivesse mais probabilidade que outro qualquer, e isso trazia uma impotência paralisante, me jogava num quarto sem porta de saída. Talvez isso só se equiparasse com casos de morte, onde a impotência se torna uma potência elevada ao nada. Eu não tinha certeza se queria achar Eva, sequer sabia se queria procurá-la. Obviamente eu não queria que nada de ruim tivesse lhe acontecido, e no fundo eu sabia que Eva estava bem. Perdida, metida em alguma situação despirocada, mas bem. Apenas naquela hora, sentado ali, foi que eu tive essa certeza, e por uma espécie de orgulho me obriguei a não me preocupar com aquilo, a não ter pena de Roberto ou Marieta, a me envolver o menos possível. Não voltei a tremer naquele dia.

— Tá fazendo o que aí, rapaz? — ouvi uma voz que vinha do rio. Olhei um pouco pra direita e vi um senhor na faixa dos setenta anos já dentro de um barco.

— Se quiser ganhar um troco tô precisando de alguém que me ajude a levar esses mantimentos ali pro restaurante da praia Vermelha — disse ele.

Olhei praquele senhor e tive vontade de abraçá-lo, a figura pura e nítida de um avô — não o meu avô, mas o avô de todo mundo, uma coisa extremamente tranquilizante. Eu tinha pensado em voltar pro *camping* e ajudar o Tomás, mas aquele convite era uma corda arremessada na direção de alguém que foi nadar no meio da tormenta e não conseguia voltar. Agarrei a corda e começamos a colocar todos os alimentos para dentro do barco. Se chamava Lourival.

A praia Vermelha era próxima, ficava na costeira. Meia hora de barco no máximo. Partimos. Quando saímos da água doce e adentramos a salgada, ainda pude ver, ao longe, Roberto e Marieta. Eles pareciam, finalmente, almoçar.

19.

Quando chegamos na praia Vermelha, era em vingança que eu pensava, não exatamente a prática da vingança, mas a ideia, o que envolve e radicaliza esse sentimento. Não sei contra o quê, ou contra quem, exatamente, essa vingança se dirigia. É como ter vontade de ver sangue, mas não ter o entendimento claro da situação, da sensação. Contra Eva? Contra os pais dela, que voltaram a me jogar num terremoto carnívoro? Contra Martina, que poderia ter ficado? Contra mim mesmo, responsável total por minhas escolhas? Contra meus amigos mais próximos, por estarem, justamente, longe? Descarregamos tudo no restaurante. A praia estava vazia pra um sábado. Seu Lourival me convidou pra almoçar por ali mesmo e já foi pedindo uma cerveja. Sentamos numa mesa debaixo de uma sombra extremamente agradável proporcionada pelas amendoeiras posicionadas ao longo da faixa de areia, traço clássico das praias da região.

— O que você faz lá na cidade? — seu Lourival me perguntou.

Contei rapidamente sobre o *camping*, mas já emendei com aquilo que realmente travava a minha respiração.

— O senhor acredita em vingança? — arrisquei.

— Como assim rapaz? Esse troço aí não é bom não, é veneno, suga as energias — respondeu ele, levantando a cabeça meio de supetão, assustado.

— Eu sei disso, seu Lourival, mas tem horas que é complicado e a vingança pode servir como instrumento de impulso, pra onde eu não sei, mas impulso é impulso.

— Impulso pra merda, pro abismo — arrematou ele, me cortando bruscamente —, eu tô com sessenta e oito anos, nem me acho tão velho, mas já fiz muita merda. Inclusive por vingança, por acreditar que valia a pena brigar pelo meu orgulho. E no fim é tudo ilusão, meu filho, uma grande ilusão que colocaram na sua cabeça desde o momento que você pisou nesse mundo. Eu já perdi muita coisa por me dar importância demais, hoje tenho sorte de ter meu barquinho e meia dúzia de amigos. Você ainda tá em tempo de resguardar muito mais — concluiu ele.

Ficamos em silêncio e eu sentia que a maioria das conversas que eu tinha tido terminavam assim, comigo sem saber o que dizer, simplesmente pelo fato de perceber que eu tomava uma lição atrás da outra. Na verdade, eu estava pensando errado, estratégica e psicologicamente falando. Não que a ideia da vingança sumisse num espasmo de tempo da minha cachola, não mesmo. Ela ficava ali no cantinho, me assombrando sempre que eu vacilava.

— Vamos tomar a saideira, aí voltamos — disse ele.

Depois da saideira seu Lourival me deixou na frente do mesmo banco onde eu havia sentado de manhã. Não aceitei o dinheiro que ele quis me oferecer, não foi trabalho, não era justo. Era por volta de quatro horas da tarde e eu segui de volta ao *camping*, sem saber exatamente o que eu queria fazer, mas, no mínimo, era minha obrigação voltar e ajudar o Tomás, além de explicar aquela ausência súbita.

Não queria pensar que talvez encontrasse Roberto e Mariéta.

Não saberia o que dizer.

Ainda tinha, na figura deles, meros narradores de notícias perturbadoras.

20.

Topei com o Tomás na entrada do *camping*, ostentava uma fisionomia cansada, suava.

— Fala, Tomás, foi mal cara, tive que dar uma saída, senão explodia meus miolos aqui mesmo — eu disse.

— Os coroas já foram embora. Pouco depois que você saiu, eles voltaram, arrumaram as coisas e vazaram. Deixaram um recado pra você, que talvez eles voltem em breve. Que tá pegando, camarada? — Tomás retrucou talvez um pouco puto com a minha conduta.

Por um lado, eu fiquei aliviado deles terem partido, por outro senti uma coronhada de desespero por pensar que eles podiam ter sido minha última possibilidade de conexão e contato com Eva. Talvez voltassem, mas quem poderia saber.

— Pô, Tomás, eram os pais da Eva, parece que ela tá sumida — respondi sem pensar muito.

— Como assim sumida? E como eles te acharam aqui?

— Não sei, cara, parece que ela não dá notícias há meses. Só sabem que ela tava no Uruguai e disse que viria pra essa região, e depois mais nada. Sinceramente, não sei como me acharam exatamente aqui, acho que fuçando a correspondência, mas não lembro de ter mencionado onde o *camping* ficava, talvez tenha mencionado apenas que ficava em frente a uma praia — eu disse, e olhei pro Tomás que agora tinha uma feição preocupada.

— Parada estranha, né, e essa coincidência de Uruguai na sua vida, doidera mesmo. Mas você tá legal? — ele perguntou.

— Pois é, intrigante, quando disseram Uruguai pensei exatamente nisso. Não posso dizer que eu tô legal, mas vou ficar.

Fui dar uma rastelada entre as barracas e tirar os lixos, Tomás já tinha dado um adianto em todo o resto. Combinamos de ver um dos *shows* da noite, quando não temos mais o que fazer no *camping*. Acho que era uma orquestra de música africana, alguns batuques que poderiam exorcizar os últimos acontecimentos, não era provável, mas sempre temos que ter as portas abertas para o inesperado. Passei o resto do dia por ali, conversando com os que passavam, silenciando em vários momentos. Devo ter andado por todos os quiosques, por toda a praia. Ido e voltado algumas tantas vezes. *Antes de me mudar pra cá, já havia visitado Goitacá pelo menos umas três vezes. Acho que por conta disso, muitas vezes, eu vivia situações estranhas ao caminhar pelo centro e suas ruas todas parecidas. Um fenômeno de repetições sempre acontecia: lembranças, muitas delas, mas que eu tinha dificuldade em definir, de forma clara, o momento preciso, com quem eu estava, o que fazíamos, qual o ano, se foi ontem ou na década passada. Não que isso esteja no patamar das informações fundamentais, mas a cabeça meio que vira do avesso quando a dúvida bate, entre o aqui e o acolá. Quem era mesmo? O que era mesmo? O que acontecia?*

Cozinhei um macarrão no fogareiro da barraca e o Tomás acabou vindo jantar comigo. Não tínhamos o ânimo do dia anterior quando o espírito estava em festa, muito menos a vontade de conversar e conhecer as pessoas. Só queríamos sair um pouco daquele terreno cheio de iglus tropicais que mais pareciam uma alergia brutal num solo arenoso. Esperamos o *camping* dar uma esvaziada, comemos e partimos para a igreja da Santa Maria, onde estava montado um dos palcos do festival. No caminho, nos munimos de algumas cervejas num isopor velho e mais uma cachaça tradicional da região.

Ventava de leve. O clima era um pouco estranho. Eu não parava de ver Roberto e Marieta no horizonte. Um casal simpático, visto de fora, de fora de mim. O Tomás ainda tinha a expressão meio carregada, como se previsse a chegada de uma tormenta inesperada.

A noite apenas começava e não prometia nada.

21.

Eu já flertava com os trinta anos e ainda não conseguia aceitar que algum tipo de segurança na vida fosse importante. Talvez eu nunca aceitasse isso. Ao longo dos anos vamos traindo vários princípios, sistematicamente, mas esse, se é que é um princípio, é bem provável que fique intacto. Essa segurança, mesmo que mínima, tem a manha de aprisionar nas pequenas coisas. Tira um pouquinho ali e outro tanto aqui e quando você vê é tarde, já tá nu de frente pra multidão e não tem pra onde correr. Ou simplesmente tá trancado dentro do seu carro, um calor desgraçado, os vidros fechados, num trânsito maluco. Então, eu me recuso, simplesmente. Me recuso a aceitar, por vezes, a minha própria cabeça dizendo que uma hora eu vou ter que ceder. E ainda tem os outros, que são parte do inferno, sim. O julgamento impiedoso dos vendidos e a má energia dos tristes vencedores. Envelhecer é bom, mas há que se criar uma casca maior, as porradas aumentam, mas aumenta também o prazer de socar de volta.

E fomos seguindo, Tomás e eu, para o largo da Santa Maria.

— Você percebeu que as pessoas no *camping* estão cada vez mais fechadas em seus próprios grupos? E te digo que isso é uma coisa recente, pelo menos dessa forma mais perceptível, mais às claras — o Tomás soltou do nada.

— Cara, não vou dizer que percebi dessa forma que você tá dizendo, tão escancarada, tô aqui há pouco tempo, mas de alguma forma

57

já tinha percebido isso em outros lugares. É como se todo mundo se bastasse e o outro fosse só uma figura potencialmente perigosa.

— É por aí. Mas acho que tudo isso tá ligado com uma parada de intolerância, esse 'outro', o vizinho, o desconhecido, é o diferente, por isso ele é perigoso, mas foi só um comentário do momento, talvez seja um fenômeno passageiro, ou talvez seja mesmo uma nova realidade, triste, mas real — devolveu ele.

Eu gostava dessas conversas botecofilosóficas que eu tinha com o Tomás.

Quando chegamos no largo, o vento frio parecia estar no seu auge. Nossa cachaça já ia pela metade e os *shows* mal haviam começado. Arrumamos um espaço no gramado e nos jogamos por ali mesmo, a essa altura do dia, e com um pouco de álcool correndo no sangue, apaguei Eva do meu imaginário. Isso não significava algo positivo, Eva sumia apenas para que Martina pudesse florescer novamente na minha cabeça gelatinosa.

— Tava pensando naquele pessoal uruguaio que tava com a Martina, lembra Tomás? — perguntei.

— Claro que lembro. Na real, você tá pensando nela né, não no pessoal todo — sacaneou ele.

— Cara, como pode, Tomás? Passei só aquele dia com ela. Vira e mexe ela me assombra. Rolou uma ligação que eu não sei explicar, não — por vezes é bom responder sacanagem com sinceridade.

— Mas acho que é normal, te pegou num momento de mudança, mais vulnerável. Quem sabe um dia ela não reaparece por aí? Saindo do mar, quem sabe.

— Pô, Tomás, ficar esperando mais uma? Cê quer me foder assim — caímos numa risada.

Eu não esperava Martina, mas a procurava em todos os rostos, e várias vezes pensei ser ela alguém que, sequer, parecia com ela. Mas eu continuava procurando, quase no automático, quase sem notar. Olhava fixamente para rostos estranhos e demorou para perceber que eu buscava algo específico em cada feição que encontrava. Buscava histórias, quando, *in loco*, eu sentia que finalmente construía a minha. E acho que olhava esses rostos para tentar colocar as histórias lado a lado para que elas pudessem interagir. De novo e de novo. Voltava ao outro. O que são nossas histórias sem as histórias dos outros? Buscar os olhos de Martina na multidão era tentar saber como ela estava, como andava sua trajetória, em que pé sua vida se colocava. Era contar a minha história desde o momento em que ela havia partido. E nesse sentido Eva e Martina se confundiam. Nesse momento, pareciam ser a mesma pessoa, a mesma fuga, a mesma ausência, a mesma falta de notícias, a mesma angústia. Ao longo da noite, Tomás acabou conhecendo uma garota e desapareceram juntos. Eu terminei de ver o show e resolvi seguir de volta para minha casa-barraca. É estranho, em meio às ruas lotadas, muita gente em festa, você andar sozinho, e não apenas, mas andar sozinho no rumo de casa, é como ignorar a grande maioria, fazer o contrafluxo, é como estar do outro lado da calçada, do outro lado da porra toda. Da pra sentir-se um deslocado, um louco, deprimido, dá pra ser arrogante e se achar acima de tudo aquilo. Ou só um bosta que não consegue mais lidar com nada daquilo. Eu apenas me sentia em paz caminhado ali entre todas essas pré-definições, já me sentia um pouco parte da cidade, menos turista. Menos estrangeiro, quem sabe.

Adentrei a porteira do *camping* e de imediato percebi vozes que falavam alto no fundo do terreno. Pareciam em festa, e aquilo me tranquilizou. Mesmo que eu não estivesse numa energia das mais coletivas, sentir que as pessoas estavam celebrando sempre me parecia uma boa maneira de dar uma cutucada no espírito. Fui até lá e todos me receberam com um grito estalado em uníssono, como se fôssemos amigos de longa data. Antes de conseguir falar que só tinha ido ali dar um boa noite, eu já tinha um copo de plástico cheio de vinho. Copo esse que eu levava à boca, nesse momento, já com a maior desenvoltura. Era um grupo de chilenos, duas garotas e quatro rapazes. Pelo número de garrafas esvaziadas ao redor das barracas, a coisa fluía bem, e, de fato, o papo revolucionou totalmente minha combalida pessoa. Falamos de Neruda, falamos de futebol, discutimos as teorias da conspiração sobre a ditadura chilena ter matado o poeta e, no meio disso tudo, visitamos Bolaño. As garrafas iam sumindo e o resto das pessoas começavam a retornar para o *camping*, cansadas demais para ter interesse no que aquele grupo de malucos falava tão alto. Quando começamos a avançar política adentro, ressuscitando Allende, alguém achou demasiado e sugeriu que seguíssemos para a praia. Devia faltar pouco pro dia nascer: nós jogávamos futebol com pequenos gols improvisados. Todos nós, os sete, a esmo, pra lá e pra cá, numa dança rítmica pouquíssimo ensaiada. Pessoas que passavam pela rua, que fizeram o movimento natural de dormir e acordar, pareciam não entender nossa energia naquela manhã. Nem eu mesmo entendia de onde eu tinha tirado aquela explosão toda de vitalidade lúdica. Uma parte era do vinho, claro, a outra deve ter sido apenas uma manifestação natural do corpo ao encontrar pessoas que estavam num momento diferente do meu. Apesar de eles terem me convidado, fui eu que me introduzi naquela "zona autônoma temporária" deles. Inconscientemente, fui eu que pedi aquilo.

A ressaca transformaria o domingo num dia difícil. A parte boa era que, quando eu acordasse, ele já estaria pra lá da metade.

22.

Eu não fotografava com a minha velha Nikon desde o meu "momento de desconexão". Naquele domingo ressaqueado, quando fui acordado por cachorros na praia, às três da tarde, não encontrei mais nenhum dos chilenos por ali. Aquilo, desde o começo, tinha sido uma parada que eu já sabia que era do momento, que não se prolongaria, que iria embora assim como veio, partindo do nada, do acaso, da distração momentânea que te permite fazer coisas incríveis. Acordei com minha câmera na cabeça — metaforicamente dizendo — porque, na real, ela devia estar esquecida no fundo da mochila lá dentro da barraca. Me lembrar dos nossos momentos criativos juntos me deu um sentimento muito família, uma coisa meio terna, como se a angústia, naquele momento, sorrisse. Não era valor ou apego material, tinha mais a ver com uma noção de experiência que, de um lado, te faz sorrir, e pelo outro te faz suar nos pés ou nas palmas das mãos. Tem a ver com movimento, com deslocamento, com as próprias fotografias sendo um retrato bastante fidedigno da realidade, da minha realidade ao menos, da minha caminhada vida afora. Saí da praia e voltei ao *camping* com o pensamento fixo na câmera. Na verdade, na imagem que ela construía na minha cabeça, naquele momento. Numa lembrança que chegou sorrateira e brutal.

Encontrei o Tomás deitado na rede perto da churrasqueira. Tranquilão, ouvindo um som que vinha do pequeno alto falante instalado na parede para animar nossos momentos de integração.

Já digo 'nossos' momentos, mas, na verdade, a julgar pelo estado deteriorado da caixa de som, comida quase que totalmente pela maresia, ela tinha sido colocado ali muito antes de eu chegar. A maioria das pessoas, pelo menos olhando para o número de barracas, já tinha partido. Tomás nem comentou sobre meu novo 'quase sumiço', parecia nem ter percebido, disse que também voltara tarde do centro da cidade. Acho que ele não lembrava de muita coisa do dia anterior, mas estava ali, da forma mais tranquila que minha humilde consciência podia conceber. Trocamos algumas palavras quase desnecessárias e parti pra barraca atrás da câmera.

Resgatei-a, como previsto, bem do fundo da mochila, esmagada por uma carga de roupas. Acho que toda essa reminiscência fotográfica fez com que eu me esquecesse da noite anterior. Ou da manhã de hoje. Talvez eu estivesse, finalmente, me acostumando com essa dinâmica de sentir o vazio após a multidão. Tirei todas as roupas de cima. O que sobressaía eram seus riscos provocados por inúmeros tombos, mas ela ainda se mantinha firme e forte. Sentei perto da barraca encostado numa árvore. Por ali, as raízes fortes, fincadas, pareciam ser, realmente, apenas as das árvores. Liguei a máquina e foi fácil me lembrar da última vez que a tinha usado. Martina apareceu no visor com seu sorriso cativante, enigmático, meio maluco, feliz, deprê, *blue*. Era difícil precisar do alto daquela distância que nos separava no tempo, e agora também no espaço. Eram um total de oito míseras fotos tiradas no dia que passamos juntos no camping e depois na praia.

Das oito fotos, cinco delas tinham Martina — em p&b — no centro do quadro, mas em cada uma ela encarnava uma posição diferente em relação à câmera. De frente, perfil, agachada, o outro perfil. Na última, ela parecia ter os pés afastados do chão. Os dois pés. Como num salto. Pareciam flutuar sobre a grama no que deve ter sido um movimento brusco de animação, que captei num piscar de segundo, agraciado por um dia bastante luminoso. De longe, tudo isso só dizia da minha fixação momentânea pela figura de Martina. De perto, só dizia o quanto eu buscava, porcamente, entender o meu olhar sobre as minhas questões pessoais. Já não entendia se podia diferenciar os momentos de espera dos de chegada ou partida. Durante muito tempo, estive na vida sem me distrair e isso — me sopra no ouvido meu demônio hipocondríaco — provavelmente causou alguma séria lesão psicológica ainda não diagnosticada em parte alguma desse mundão. Ou era — e provavelmente era — um simples efeito domingueiro chegando.

No fundo não importava o que eu já tinha feito da minha medíocre existência, mas sim o que eu estava fazendo no agora, nas longas vinte quatro horas de um único dia, que não era muito, nem vistoso, mas era, no mínimo, cheio de integridade. E talvez até tivesse alguma elegância para comigo mesmo. Passei o resto do domingo com a Nikon por perto tentando expandir o que fosse para além da simples formação linear das coisas. Afora a descrição empolada, na verdade eu fiquei deitado na sombra esperando que as fotos se revelassem sozinhas. Eu só tentava fazer a composição. Podemos chamar esse método de o verdadeiro "método de vagabundo". Às vezes dá certo. Ficar parado num mesmo lugar esperando as coisas acontecerem te permite ver o que você não veria em movimento. O movimento, em si, já proporciona o embate, a adrenalina, os sentimentos contraditórios. Essa diferenciação de "método fotográfico" servia, na verdade, pra tudo sobre o qual eu me debatia. Pegar a minha velha parceira do fundo da mochila resgatou o domingo das profundezas.

Todos esses encontros e desencontros, parecem sempre se sobrepor aos reencontros, que acabam soando como um tema menor, menos trágico ou dramático, até mesmo menos excitante, o que não é verdade. Reencontros podem ser como grandes bombas arremessadas do alto de prédios no meio de uma multidão de pessoas.

Pensei que horas seriam naquele pequeno país chamado Uruguai.

23.

Uma mansidão bastante acentuada: e foi assim que a nova semana adentrou pela porta. Tomás precisou visitar uns parentes e eu fiquei incumbido de cuidar do *camping* durante a semana, o que significava, basicamente, fazer nada, uma vez que durante a semana, fora de temporada, o *camping* era um grande gramado bonito, verdinho e vazio. Já que teria uma semana quase livre pela frente resolvi que colocaria em ordem algumas coisas pendentes e outras realmente deixadas de lado. Na verdade, todas essas 'atividades por fazer' consistiam em coisas simples como colocar as leituras em dia, escrever um pouco, dar uma organizada nas fotos que havia tirado, quem sabe uma caminhada pela praia, o corpo agradeceria. Eu vinha escrevendo uma parada há pelo menos dois anos que eu não sabia exatamente no que ia dar. Um ensaio, meio ficção, sobre deslocamentos impostos pela vida, sejam deslocamentos forçados ou espontâneos. Motivos variados. Mas uma coisa bastante desorganizada, como vinham sendo meus próprios deslocamentos. E as coisas começaram meio a se fundir e tudo foi ficando confuso e complexo demais. A ideia era tentar voltar a organizar isso, de alguma forma, com pelo menos algum conceito mais definido por trás, tentar me descolar daquilo, tirar a minha ausência, não me fundir ao papel, não esquecer quem eu era. Acontece que quando o movimento não se realiza, realista e metaforicamente falando, eu dou uma travada e arranjo todos os escapes do mundo para fugir da porra da angústia de pensar em qualquer coisa pelo viés da obrigação. Acho que eu poderia considerar o "pensar pelo viés da obrigação" como um dos meus grandes fantasmas, e provavelmente alimentado por mim mesmo, afinal era eu quem dava o peso, era eu quem colocava a expectativa fora do seu lugar ideal, para além do seu lugar necessário. Com o *camping* vazio, a praia parecia me chamar ainda mais, não só a praia: a cerveja, a conversa mole, um baseado no fim da tarde. Meu prumo ficava meio desvirtuado e todos aqueles dias que seriam de uma hipotética produção qualitativa viravam vagabundagens homéricas. A praia era meu quintal, e eu não tinha como mudar isso. Eu adorava esse quintal. Tentava pensar — e com certeza isso tem seu teor de verdade — nesses momentos como momentos de coleta de outras realidades, que, na pior das hipóteses, me serviriam para algo quando eu tivesse cobertores nas pernas e tomasse sol no fundo do quintal de alguma casa de repouso. Se eu não tinha um norte bem definido, que ao menos eu realmente aproveitasse os escapes como eles devem ser aproveitados. Com muito tesão, entrega, disposição, elegância. Talvez mais algumas coisas.

A tal "produção qualitativa" não aconteceu a contento. A expectativa colocada em cima de alguma atividade criativa era outro demônio que comia com meus parcos recursos, tomava conta, sentava no melhor lugar da sala. Eu sempre buscava estratégias para enxotá-los. Bicho ruim é ruim até pra morrer. Enquanto ele estivesse ali tudo estaria mais próximo da decepção do que da euforia. Eu só queria o meio termo, nem era pedir muito.

24.

Estávamos no meio do inverno e por aqui os dias ficam cinzas na maior parte do tempo. Não ficam exatamente frios, mas ficam com uma atmosfera diferente. A praia e o cinza fazem uma combinação mais reflexiva do que empolgante. Acabam tornando tudo mais sensitivo. É como se tivéssemos duas cidades: a do frio e a do calor. Extremamente diferentes em sua composição, clima, atmosfera, pessoas, vidas, conversas. É como se tudo mudasse, internamente, como se o corpo se autodefendesse das mudanças na cidade e passasse a atuar de forma alterada. Parece que ficamos mais lentos no inverno, mais dispostos no verão. Mais introspectivos no primeiro e totalmente extrovertidos no segundo. Podem ser mudanças naturais na maioria das cidades, mas pra quem mora de frente pro mar isso é jogado na tua cara todo dia no momento que você põe os olhos pra fora de casa pela primeira vez. E o inverno aqui nessas bandas é úmido, chove uma chuva fina, constante. Forma-se um conjunto de elementos onde é quase impossível fugir de certa melancolia. Uma vontade de ficar o dia todo olhando pro horizonte com a cabeça o mais vazia possível.

Eu cheguei aqui no final do verão. Quatro meses e meio atrás. E desde então Eva tinha virado uma figura totalmente sem voz, sem corpo, sem alma. Eu não a vi mais, eu não mais ouvi sua voz nem senti sua presença física. Eva tinha se transformado no meu "veneno-remédio". Até os pais dela, que eu não conhecia, estiveram aqui naqueles fatídicos dias. Sentia, sim, certa presença constante de Eva na minha cabeça, no meu cotidiano, em algumas conversas com Tomás. Mas ela não tinha mais lugar cativo, não tinha mais presença constante. Algo se esvaiu nesse meio tempo, alguma chave girou nas minhas engrenagens e me fez colocar Eva num lugar mais periférico entre as minhas prioridades. Como se eu tivesse ganhado força ao fazer isso, como se minha vida — ou estilo de vida —, nesses quatro meses e meio, fizesse com que eu percebesse possibilidades inúmeras para além de um caso de amor, que no fim, era só mais um caso de amor ou, naturalmente, algo fadado ao fracasso, ao fim trágico. Evitava pensar que eu havia virado algum tipo de página, cair nessa falácia é o primeiro passo para voltar pro abismo. Eva voltaria ou não voltaria e pra mim tudo estava bem. Eu ainda era assaltado por nossas boas recordações, mas agora eu quase conseguia sorrir sem tremer os lábios como um babaca adolescente. Eva deixava de ser um fantasma para figurar em outros lugares do meu dia a dia. Esperava, sinceramente, que ela estivesse bem onde quer que fosse. Eu me sentia bem. O *camping* continuava vazio e eu continuava devagar. Às vezes era bom ir devagar, o pé de leve no freio. Dá tempo de sobrevoar questões que ficam levemente esquecidas, empurradas pra debaixo de algum tapete puído, e melhor, dá pra fazer tudo isso de forma não-violenta, uma espécie de auto comunicação não-agressiva.

— Não vai tomar uma cerveja hoje? — gritou o Marcelão.

Movimentei a cabeça de forma negativa.

Levantei da areia e mergulhei com gosto no mar frio.

25.

De um dia pro outro, tive que enfrentar a ideia de ir à São Paulo resolver uns problemas burocráticos para o Tomás. Ele não tinha me explicado direito qual era a do *camping*, como aquele espaço quase nobre (dava pra dizer assim) tinha ido parar na mão dele, parecia fugir do assunto, ele desconversava quando eu parecia chegar perto das suas paradas mais guardadas. Eram coisas relacionadas à escritura do terreno onde o camping ficava instalado. Era a primeira vez que eu saía de Goitacá desde que havia chegado alguns meses antes. Como seria a percepção de sair dali pela primeira vez e encarar novamente uma cidade grande, cheia de estímulos dos quais eu vinha conscientemente — e num processo duro — me desapegando? Como seria reencontrar lugares e pessoas?

Parti numa quarta-feira, um dia bastante semelhante àquela longínqua manhã em que cheguei, mas, no extremo, era outro momento: eu ainda não sabia o que me aconteceria aqui e talvez hoje eu ainda saiba pouco. Mas subi naquele ônibus uma pessoa muito diferente da última vez que havia estado numa daquelas poltronas. O percurso também mostrava outra cara, apesar dos resquícios de um mau humor em ter que sair do meu canto — não tinha como negar a viagem, eu devia vários favores pro Tomás —, eu me sentia muito mais completo agora, confortável nesse "caminho de volta", pelo menos era assim naquele exato momento. Fui tranquilo, observando a rodovia como um cachorro que coloca a cara pra fora da janela ou como uma criança, numa velha e clássica cena do cinema, ajoelhada, com os olhos voltados para um passado recente. No fundo era até bom ver algum movimento diferente.

Eu já não tinha muitos amigos próximos em São Paulo, muitos já haviam partido, outros já não mantinha contato. Cheguei na rodoviária do Tietê no meio da tarde e fui direto pro centro. Achei um hotelzinho, desses de três andares, antigos, no meio do movimento pesado, mas bem perto do cartório, nos arredores da praça da Sé. Não tinha a noção exata de quantos dias eu ficaria, disse o Tomás que dependeria do meu talento em "desenrolar os caras, aqueles burocratas de merda", acho que ele queria dizer algo como "volte quando tiver algo importante em mãos". Claro que eu imaginava que esse algo importante seria algum tipo de documento que desse ao Tomás uma segurança jurídica, ou seja, a porra da escritura, nada além e nada abaixo disso. Larguei minhas coisas e fui dar uma caminhada, tinha na ideia percorrer umas ruas perto da praça da República, onde eu já havia morado numa fatídica passagem pela babilônia, na mesma época em que Eva apareceu.

Eu não queria reviver nada, eu só queria aquela sensação de ter uma lembrança *in loco*, subir nas costas do lugar exato onde as coisas aconteceram, observar lá de cima, Praça da República, Roosevelt, Augusta, circuito batido, fácil de conceber. Dei uma desbaratinada por ali e quase de súbito me sobreveio certo incômodo. A rapidez das ruas, carros, ônibus, motos, bicicletas, sirenes, helicópteros, buzinas, gritos, discussões, brigas, empurra-empurra, miséria e miséria. Lembrei de um escritor cubano dizendo que em qualquer esquina de São Paulo havia mais miséria que em toda Cuba, e provavelmente isso era inegável, ali, olhando de frente, com os pés na rua.

No caminho entre a República e a Roosevelt, resolvi tomar uma cerveja num bar que costumava frequentar (local ainda parecia familiar apesar dos garçons serem todos diferentes, a tal fluidez da cidade). Tive noites memoráveis naquelas calçadas, mas sobretudo acho que tive desencontros. (Senti o peito dar uma primeira travada). Vidas que se cruzaram e que partiram em direções opostas. De dentro do bar, avistei descendo a rua (e de imediato me senti consternado pela infeliz coincidência) um conhecido das antigas, na verdade era conhecido de um conhecido, torci para que ele não se lembrasse de mim, e eu tinha vários motivos pra isso. O mais justo deles é que eu realmente queria ficar sozinho, mas o Fabiano (seria esse o nome dele?), o conhecido em questão, se mostrou bastante diferente do Fabiano soturno do passado. Talvez porquê até onde eu sabia tinha seguido uma dessas grandes carreiras acadêmicas, morado anos em Paris, essas coisas que tornam as pessoas, de uma hora para outra, estranhamente sociáveis. O Fabiano veio acenando de longe e totalmente desajeitado (pois não havia, ali, naquela situação, como haver "jeito") e já me abraçava calorosamente quase antes de chegar. Me contou de suas pesquisas sociológicas barra políticas barra antropológicas (e mais todas as barras imagináveis, com todos os detalhes possíveis), na França, claro. Tenho a impressão que ele contou essa parte antes de perguntar se eu ia bem. Contou da família e do apartamento recém-comprado. Das filhas. Falou, falou e falou. Por um lado, esse era o cara, o tipo de coisa que tinha me levado a cair fora, mas ainda assim o encontro foi positivo, na verdade foi bom me deparar com uma imagem na qual eu já havia me enxergado e da qual eu não tinha gostado absolutamente nada. Uma imagem que me causava certa náusea. Me despedi assim que pude com alguma desculpa prepotente e propositalmente estapafúrdia, algo como "preciso cortar o cabelo, sabe como é cidade pequena".

Segui sentido à rua Augusta e passei pelo bar onde havia conhecido Eva, não foi proposital, mas era inevitável passar por ali. Não havia mais bar e sim uma impensável academia de ginástica. A ausência daquele bar fez meu estômago começar a revirar, era uma memória perdida, mas era também, agora, como se não houvesse existido, o que, por outro lado, facilitava um pouco. E continuei subindo a rua, um pouco mais debilitado do que quando saí de Goitacá (por aqui as energias pareciam que iam sendo sugadas devagarinho, a cada esfolada em muros de concreto minimamente reconhecíveis). Acontece que andando por ali, não apenas no local onde eu estava, mas na cidade em si, os estímulos eram muitos, continuavam muitos, talvez aumentassem a cada dia. Visuais, sonoros, sensitivos. Passado, presente, futuro. E eu nunca lidei bem com tanta coisa acontecendo simultaneamente, meu pequeno foco se perdia de vez, eu não me enquadrava ali. Tudo ficava confuso e eu ficava lento e entrava em contradição com todo o ritmo à minha volta.

Voltei pro hotel com uma garrafa de vinho e com a ideia absurda de ter um pouco de silêncio.

O silêncio era impossível, mas o vinho era bom e apaziguou um pouco meu peito. Antes de cair no sono consegui ouvir diversas melodias (leia-se todo tipo de ruídos possíveis) através da minha janela.

Ela parecia olhar direto pro centro da babilônia ou pro epicentro do furacão.

26.

Acabei permanecendo em São Paulo mais tempo do que gostaria, ou mais tempo que minha saúde mental gostaria. Acontece que o Tomás era mais enrolado do que eu imaginava e os documentos que ele queria estavam todos perdidos no fundo de alguma gaveta que não era aberta desde a República Velha. Permaneci no hotel. Não é fácil esperar, então eu continuei com a ideia do *tour* memorialístico deprimente e decadente. Os lugares, naquele momento, me falavam mais do que as pessoas. As pessoas continuavam, se mudavam, movimentavam, sumiam e reapareciam. Os lugares tinham uma outra forma de lidar com a passagem do tempo. Se mudassem muito, sumiam, caso sumissem, não voltavam, mas se permaneciam diziam muito além de qualquer coisa que pudesse ser verbalizada. Andei por muitas praças, peguei metrô, ônibus, trem, caminhei muito. Em algum momento, de alguma forma que me escapa a totalidade, entrei numa busca frenética por algum passado perdido e talvez até inexistente. Essa busca, no fim, era a busca de sempre, a minha busca, a minha errância, a minha confusão. Na frente de um cinema na Av. Paulista, topei, quase literalmente, com um rosto conhecido, dei uma afastada, encostei numa parede e tentei lembrar que rosto era aquele. Rapidamente consegui ligar os fatos, aquela garota costumava andar com Eva. Não lembrei seu nome, mas me aproximei, meio que no impulso.

— Desculpa, mas eu lembro de você

— Eu também lembro de você, cara, lembro perfeitamente, tu era o namoradinho da Eva, te vi lá de longe.

Fiquei nervoso pra caralho, mas não era por toda história que aquilo envolvia, e sim a forma que ela tinha dito aquilo, uma voz forte e sexy ao mesmo tempo, a menina tinha todo um trejeito próprio, o que costumava me intimidar, falava com uma desenvoltura absolutamente natural, como se fôssemos grandes amigos. Não lembrava dela por aquele viés.

— Lembro de você correndo atrás dela, nem sei porque você fazia aquilo, aquela mina não prestava, doida de pedra.

— Provavelmente eu tinha meus motivos, mesmo errados, mas devia ter. Você sabe algo dela?

— Nunca mais vi, espero que esteja bem longe com aquela energia carregada, mas não vamos falar desses baixo astral, não, eu gosto mais de cerveja, bora pro bar? O que acha? — perguntou, sem titubear, com aquele rosto desconcertante.

— Eu realmente não tenho nenhum motivo pra negar uma cerveja com você, aliás pra negar uma cerveja com quase ninguém — eu já me via apaixonado.

— Vamos pra um bar que eu conheço, pertinho de casa.

— Se tiver cerveja lá eu tô de acordo.

Ela me olhou com aquela cara de "piada sem graça" e começou a andar.

O bar era bacana, o dono era fissurado em Rolling Stones, o que garantia a qualidade da trilha sonora. Derrubamos várias cervejas, relembramos coisas e até arriscamos uns passos de dança na calçada. Eu ignorava completamente os fatos em nome da adrenalina que aquilo me dava. Terminamos na sala do apartamento dela. Minhas costas contra o tapete, ela por cima. Gozamos rápido e quase juntos. Fumamos um baseado em silêncio, recostados no sofá e sucumbimos ao sono quase na mesma posição.

Na manhã seguinte, achei ela ainda mais bonita. Seguimos à risca nosso acordo (já que não lembrávamos mesmo) de não revelar nomes, o que tinha tornado tudo mais excitante, como um jogo; mas, ao passar pela porta, saindo, eu já não tinha mais tanta certeza. Ela, por sua vez, demonstrava toda certeza do mundo. Pensei na fluidez e consegui nem olhar pra trás, como eu deveria ter feito tantas outras vezes.

Permaneci em São Paulo por cinco noites. Já não aguentava mais, o mesmo caos de todo dia, os bares, o barulho do hotel, as pessoas sempre desconhecidas. Até as ruas, que, coitadas, não davam no mar, se tornavam insossas. Era a falta do horizonte, dos mergulhos no fim da tarde, da vagareza do *camping* vazio, do pensamento distante. Pra resumir, nem todo dia eu encontraria uma garota como aquela, então a vida ali não tinha tanta graça como poderia parecer.

Obviamente que não fui eu a desenrolar a burocracia, não seria eu quem resolveria aquele problema para o Tomás, aliás aquilo parecia um problema insolúvel. Leis, terras, passado colonial, capitanias hereditárias, claro que eu não desenrolaria a burocracia, e claro que não resolveria nada, mas com certeza teria que ser eu o glorioso portador de notícias indesejadas.

Tomei o ônibus de volta. Sair de São Paulo nunca tinha sido muito fácil, ver um aglomerado daqueles ficando pra trás, aquela montanha de provocações saindo do seu campo de visão e deixando apenas um calafrio pelo corpo. Percebi que as sensações não mudaram e quase desconfiei da minha vontade de ir embora. Devia ser apenas cansaço. Recostei na poltrona e apaguei antes de relembrar a feiura-cinza-industrial que contorna a cidade.

27.

A estrada cheia de curvas do tipo "cotovelo" não me permitiu um sono tranquilo, eu cochilava mas logo tombava, ou na senhora ao lado, ou com a cabeça no vidro. A senhora ao lado, inclusive, já começava a esboçar uns rosnados meio grosseiros. Na minha última cochilada, tive um sonho que pareceu ter demorado toda uma vida, lembro, inclusive, de abrir os olhos algumas vezes enquanto a história se projetava na tela do meu mais carcomido inconsciente. Uma porrada de medos desfilaram como escolas de samba na minha cabeça cansada, no meu sono tumultuado por curvas feitas com pouca destreza pelo motorista. Tudo aquilo que eu odiava como forma de viver veio me visitar e não era apenas uma visita simpática, vieram fortemente armados e queriam me levar embora com eles. Lembro de ficar num estado petrificado, vegetativo, onde eu só conseguia assistir ao sonho, nada de reação, na verdade era medo extremo, uma fileira deles.

— A senhora me desculpe, são as curvas — tive que dizer antes que ela me mordesse.

— Seu pescoço deve estar pesando muito, meu filho, isso aí deve ser reflexo de coisa errada que você anda fazendo.

Fiquei meio puto.

— Que tipo de coisa errada?

— Olhando bem, provavelmente decisões erradas, pode não parecer grave à primeira vista, mas no final pode ser a perdição.

— O que a senhora faz? Cartomante? Lê búzios, borra de café, sola de chinelo? Que mais?

— Não precisa ficar nervoso, você que começou a conversa, eu só disse o que senti, sem mais, pode voltar a dormir, e não se preocupe com as curvas, elas são passageiras — disse, e fechou os olhos. Num segundo momento, eu acordo, ainda dentro de um possível mundo onírico, esticado num pedaço de grama, ao lado do rio, provavelmente embriagado. Sentada à minha frente, numa pose quase ameaçadora, uma figura feminina que eu não conseguia ver o rosto. Acho que não tinha rosto. Não quis mais esperar pra ver no que aquilo ia dar e me forcei a acordar de verdade, no "nosso mundo". Já estávamos quase no trevo da entrada de Goitacá, me deu certo alívio, precisava sair daquele ônibus o quanto antes. A senhora seguia de olhos fechados. Eu já quase numa espécie de claustrofobia cognitiva psicótica esquizofrênica.

Desci do ônibus e minhas pernas foram automaticamente na direção do *camping*. Não conseguia parar de tentar decifrar, um pouco que fosse, aquele conjunto de sonhos. Na direção da praia passei pelo lugar real onde a miragem com a mulher tinha acontecido. Uma figura feminina, o gramado da beira rio. Parei e me atentei um pouco ao redor, o sol estalava e eu ainda tinhas resquícios dos barulhos de São Paulo nos meus tímpanos. Como se um sussurro da cidade ainda permanecesse. Um zunido do mesmo tipo desses que permanecem quando você fica durante horas perto de uma caixa de som num *show* de *rock*, ou de qualquer coisa muito barulhenta. O suor escorria enquanto eu mantive meu corpo estático, ali, olhando pro rio, lembrando do sonho.

Coloquei o corpo novamente em movimento, um movimento frágil, confuso. Afinal, nem saberia dizer o porquê de ter ficado tão impressionado com aquelas imagens, um sonho tumultuado, banal. Minhas conexões mentais atordoadas (em parte pela velha do lado) foram se acalmando à medida que eu chegava na praia, o quintal do *camping*, o meu quintal, onde eu realmente me sentia esvaziado. Talvez se eu não tivesse vindo parar nesse lugar, provavelmente, eu já tinha desistido, mas isso é impossível afirmar. Me senti feliz de chegar em "casa". Antes de qualquer outra coisa, me despi de mochila, chinelos e camiseta, mergulhei com gosto na água fria de um mar manso e lá de dentro avistei o Tomás conversando com um grupo no quiosque. Nesse instante, me veio um sentimento de pertencimento, minha vida era aquele agora, era ali, naquele momento. E só isso. Saí do mar na direção do Tomás. Expliquei tudo o que tinha rolado, o problema com as certidões, a questão de que ele não poderia provar, eventualmente, que o terreno era dele. O Tomás ficou meio atônito, o olhar perdido, mas isso não durou minutos, logo lançou um "foda-se", como só ele sabia fazer. Nos consolamos da forma que sabíamos, mas sem a noção exata dos motivos de cada um, era só uma desculpa.

Conforme grossas nuvens foram pousando sobre a praia, nós continuamos entornando doses de cachaça, cortesia do quiosque, solidário com uma situação que mal entendia. E de repente a chuva veio na forma de grossos pingos distanciados no tempo. Já não sabíamos se era dia, noite ou simples tempestade. E bebemos. Lembro do barulho de coisas voando; da maré, que subiu quase no limite da rua. Na entrada do *camping*, a valeta — cavada semanas antes — não dava conta do volume da chuva. Parecia transbordar o que não cabia em nós.

Talvez aquela história toda não desse em nada e provavelmente não daria.

Acho que dizia respeito apenas a extravasar.

Brindamos na chuva, que parecia desejar que o verão chegasse mais rápido.

28.

No dia seguinte, eu mal abri os olhos e notei uma sombra que se formava bem na porta da barraca. Era uma sombra distante, uma sombra que parecia estar sentada. Bastante sonado, fiquei reparando naquilo por alguns minutos e percebi que a coisa não se movia. Resolvi abrir o zíper de uma vez e dei de cara com o Tomás, olhar perdido, mas ao mesmo tempo fixo na barraca. Era fácil notar que seu pensamento navegava muito longe dali.

— Que tá rolando, Tomás? — perguntei só com a cabeça de fora. Ele olhou pra mim e tinha os olhos perturbados. Não sei se perturbação era a melhor palavra, mas era o que parecia. Ele não respondeu nada. Perguntei de novo. Nada.

— Ainda a história do terreno? — tentei pela terceira vez.

Ele começou a responder o que não era bem uma resposta, mas uma espécie de prefácio do que viria em seguida. E o que viria em seguida ele tinha medo de dizer.

— Não tem a ver com essa história de papelada, não. O terreno que se foda. Mas, cara, a gente tem sido próximo há alguns meses. Tu é parceiro já. Tenho acompanhado todo seu esforço aqui pra superar quaisquer que forem seus demônios internos, pra dominar suas paradas mais autodestrutivas e tal — fez uma pausa.

— Fala logo, Tomás, que tá pegando?

Meu cérebro começou a rodar por todas as situações pendentes da minha existência. Fez uma varredura geral, meio insana. Apesar disso eu estava tranquilo, o que o Tomás poderia dizer de tão horroroso? Acho que eu tinha chegado num momento onde eu estava meio que preparado pra receber algumas bombas no colo. Talvez eu já tivesse atravessado uma boa parte do meu pior inferno, pelo menos até esse momento, obviamente.

— Vou dizer, mas espero que isso não te atrapalhe nem mude os rumos que você tá traçando. Enfim, chegou uma carta da Eva. Acho que você não tem olhado seus e-mails com frequência, né? Pra ela ter que mandar a porra de uma carta em pleno século vinte e um — Tomás parecia nervoso ao dizer isso.

— Porra, é sério? — não estremeci, mas também não fiquei imune.

— Realmente, tenho lidado pouco com a tecnologia por aqui, meu computador tá enfiado em algum canto dessa barraca. Mas, caralho, carta? Quem manda carta? — acho que eu falava tudo isso num tom bastante confuso, o Tomás me olhava um pouco assustado.

— Cara, não importa o que tiver escrito aí, essa mina já faz parte do passado, talvez cê nem deva ler.

Talvez. Mas é claro que meu desapego não tinha alcançado esse nível budista de não ler uma carta da Eva.

— Tá de boa, Tomás, é só que depois de tanto tempo eu não esperava receber mais nada, e realmente tinha dado uma enterrada nisso. Mas beleza. Pelo menos é sinal que ela tá viva, e isso deve ser sempre uma coisa positiva, não? — tentei dar uma descontraída.

Fomos pra cozinha tomar um café. O Tomás não parecia muito ansioso em me passar a carta. Apesar das tentativas dele eu não conseguia focar em outros assuntos. Tomei umas três canecas de café.

— Porra, Tomás, passa logo essa merda pra cá.

Finalmente, calado, ele puxou do bolso de trás um envelope dobrado ao meio e esticou na minha direção. Peguei aquele pedaço de papel e senti o peso de todo um passado que não servia mais, mas que teimava em cutucar, em assombrar, em permanecer. Permanência, constância. Um passado que cuspia na minha cara sem motivo. Levei a carta até a praia, seria extremamente fácil afogá-la naquele marzão matinal. Eu tinha a carta e tinha o mar. Eu não tinha a coragem e o desprendimento. Era o tal do "dar murro em ponta de faca", que as pessoas falam por aí, o resumo das minhas cagadas todas.

Até eu encostar novamente naquele pedaço de papel o tempo se esfregou fedorento na minha cara. No lado do remetente apenas o nome, nada de cidade. Aquela falta de informação logo de início era típico dela e me fez novamente cogitar, com raiva, lançar aquilo ao mar para ser comido por peixes, tubarões, baleias, lulas, camarões, crustáceos em geral. Novamente fraquejei. Na verdade, eu não queria acreditar que aquele papel teria o poder de me jogar pra fora dos trilhos novamente, mesmo que eu não soubesse exatamente pra fora de quais trilhos, e talvez, nessa altura, os trilhos em si já fossem mais importante do que a própria Eva, e só eu não era capaz de perceber.

Imbuído de uma autoconfiança súbita — que na verdade deveria soar mais como fraqueza, apego ou qualquer coisa do tipo —, coloquei a bunda na areia e desdobrei aquela folha de uma vez por todas.

29.

"Querido,
muito me espantou ler todos aqueles seus e-mails. Eu disse desde
o começo que o meu negócio era voar. Sabe o que é voar? Você
nunca voou de verdade, não é mesmo? Você, imagino, optou por
acreditar numa verdade que estava preconcebida na sua cabeça
perdida. Alguém já disse que você é um perdido? E não é qualquer
perdido. Eu simplesmente não entendia quase nada do que você
dizia. Nossa comunicação real foi no máximo uma, ou duas vezes,
e na cama. Nossa comunicação verbal era uma farsa. Teve um momento que eu até comecei a entrar na sua, pra ver até onde você
ia, pra ver se você melhorava, se parava pra se ouvir. Algum dia eu
disse que entraria nessa com você? Talvez. É bem provável que eu
tenha dito. É bem provável que eu tenha dito um monte de mentira
pra saciar sua mente melancólica. Ou seria melhor dizer paranoica?
Aposto que se esse papo fosse ao vivo — e eu agradeço muito que
não seja — você estaria se defendendo, no ataque, óbvio. Como
se eu não soubesse que também não ando lá certa de muita coisa.
Tenho alguma noção da minha dose de loucura. Mas você tinha
que criar histórias tão mirabolantes? Tinha que se dedicar tanto a
uma fantasia? Por que justo eu deveria protagonizar essa fantasia?
Entendeu o peso? Entendeu que quando você tomava doses indus-
triais de cerveja você ia longe demais? Você nem percebia que eu
não concordava quando fazia conexões insanas, pra dizer o mínimo.
Sua vontade era só fugir, e me queria de cúmplice, companhia,

escudo antimedo, ou sei lá o quê. Eu voei pra longe, foi isso que eu fiz. Se você soubesse o quão longe, se mijaria todo de medo. Outra coisa, cuidado com os meus pais, eles batem total fora do bumbo. Se, por um acaso, te procurarem, aconselharia uma fuga rápida. Não me mande mais e-mail, nem sinal de fumaça, pombo correio, ou coisa do tipo. Queime esta carta.

Há uma distância insuperável entre nós,

Eva.

P.S. Passei horas rindo quando descobri que você morava em um *camping*. Tão fofo isso."

30.

Instável eu sempre tinha sido, mas o que Eva descrevera ali era um sujeito com alto grau de esquizofrenia, e eu não tinha inventado tudo aquilo na minha cabeça. E a história dos pais? Fuga rápida? Aquilo é que soava "fora do bumbo". Obviamente que aquela carta mexeu comigo. Conheci, de supetão, um outro lado (sano ou insano, pouco importa) de uma pessoa com a qual, pouco tempo antes, eu tinha confabulado sonhos, planos, vida. Eva zombava. Será que ela já tinha feito isso antes? Ali na praia eu tentava decifrar aquelas palavras como se fossem o último enigma da minha caminhada sobre a terra. Havia claramente uma realidade paralela entre nós, uma realidade abismal e invisível. Mas qual lado respondia melhor por suas plenas faculdades mentais era uma coisa que agora eu não saberia dizer.

Todos os dias que eu havia gasto, por aqui, compondo a chegada de Eva e a construção da nossa realidade não mais paralela, agora, eu poderia colocar em xeque, poderia julgar ferrenhamente todo o último ano da minha vida, e isso, definitivamente, não era agradável.

Não que eu tivesse perdido o chão (nada assim tão dramático), tinha mais a ver com perder certezas. Ou quase certezas. Tinha a ver com perder o senso, ou a sorte, de estar do lado certo da calçada. Eva já havia saído de mim, mas a ilusão da vida que construiríamos, não. A carta trazia aquilo de volta numa forma explosiva, Eva zombava. Fora a confusão, que facilmente pulou daquelas linhas — numa agilidade felina — para se implantar por toda minha face, pescoço, membros. Por um segundo perdi a referência de onde estava, era uma espécie de senha para que os meus demônios ansiosos despertassem das cinzas onde tinham quase se acostumado a morar.

Deitei na areia e respirei fundo, ou ao menos tentava respirar. Eu não queria novamente ter a sombra de um passado escroto pairando feito corvo agourento sobre a minha cabeça. Na verdade, a carta de Eva era quase uma sentença de liberdade. Que Eva tivesse num surto, que falasse a verdade, que tivesse na China ou aqui do meu lado, que Eva fosse pra não voltar. Dessa forma, rápida, sem olhar para trás, sem remoer um cisco que fosse.

Em uma coisa Eva não mentira: nossa comunicação sempre esteve mais ligada a algo que não conseguíamos expor com palavras. Nossa comunicação parecia uma peça de teatro com péssimos atores e talvez nos ligássemos apenas por essa realidade paralela e não através de uma fala com sentido lógico, e com a distância, naturalmente, essas coisas se romperam.

Eu não queria mais pensar sobre isso, eu não queria mais saber. Saber é *heavy metal*. Saber de algumas coisas é como ter uma grande bola de concreto atada ao tornozelo e ter que arrastar ela por aí até o fim da existência. Eu preferia não saber exatamente o que eu era, preferia o poder da ignorância sobre certas coisas da vivência simples da vida. Não eram grandes questões e eu não pedia muito.

Levantei da areia e voltei rápido ao *camping*, minha casa. A casa que Eva, com escárnio, achava "fofa".

31.

Numa conversa com Tomás, resolvi que eu deveria dar um tempo. Das pessoas, das conversas, dos caminhos — disso que chamam de cotidiano. O Tomás me falou de uma praia de difícil acesso, mas que ficava relativamente perto, na costeira.

— É o lugar mais silencioso que eu já fui e ainda é possível acampar no meio do mato, saca? E se tiver alguém por lá pode ter certeza que tu vai estar em boa companhia, o astral lá é foda.

Alguns dias de bastante turbulência tinham se passado desde que eu lera aquela carta meio surreal. Questionei todos os meus dias por aqui. Questionei o presente e a forma como vínhamos nos relacionando. Eu não estava numa situação de sofrimento depressivo, suicida, nada dessas paradas, era mais uma dor passiva, de quem finalmente entendeu que toda uma situação afetiva, sentimental, de energia, sequer tinha tido a chance de existir como eu havia imaginado. Dava um oco por dentro, uma espécie de falta, mas por isso eu ia em frente, era uma situação que de alguma forma me colocava em movimento, não havia mais riscos, a implosão estava concretizada.

Parti pra tal praia numa segunda-feira, primavera, e eu caminhei, quase num estado de leveza, até a Ilha dos Lagartos pra tentar uma carona em algum barco que me deixasse na beira da trilha, onde, se entendi bem, eu caminharia umas duas horas até a praia. Mar, terra, barco, uma caminhada, quase silêncio total. A junção dessas coisas todas ou curam um sujeito ou fazem com que ele surte de vez. Eu não tinha a ilusão de pensar que só isso bastaria pra curar a dor das pessoas, são vários os fatores, mas eu fui, de uma vez, tentar alguma coisa, ver no que dava, analisar o tamanho do tombo. À essa altura eu estava querendo mais era experimentar situações. Eu andava numa linha tênue e não queria sair dela, mas aquela carta tinha me libertado de alguma coisa, eu sentia dor, ou algo semelhante, mas era uma dor em movimento, uma dor que não era estática. Logo consegui um barco, partimos, o dono do barco, quatro mulheres, um cachorro e eu. Voltavam da cidade para a comunidade onde moravam, carregados de mantimentos. Pude ver o arroz, o feijão preto, o óleo e o café. Essa visão me deu uma puta reminiscência de casa, da palavra "casa". Fiquei um tempão olhando fixo praqueles alimentos, um convite para o almoço não cairia mal, pensei comigo, e só parei de olhar quando tomei uma encarada de uma das mulheres que parecia dizer: "Tá com fome, é? Tira o olho da minha comida, porra". Ou algo assim, porque a saia que ela usava acusava, sem erro, um apego à alguma das igrejas evangélicas que invadiram, de armas em punho, quase todas as comunidades por ali.

Voltei os olhos pro mar e ainda podia ver Goitacá lá atrás, no horizonte. Gostava de lá, uma parte de mim já se sentia como pertencente ao lugar. Um outro tipo de casa. E pouco mais de uma hora depois avistei, avisado pelo nosso "comandante", a entrada da trilha. Ele me explicou que eu subiria toda a montanha e depois desceria direto até a praia, pareceu fácil.

Ele encostou o barco num pequeno — e quase destruído — cais. Puxei minha mochila tentando não tomar um banho de mar tão cedo, me despedi de todos, afaguei o cachorro, entrei na trilha de mata fechada antes de ver o barco partir.

32.

Ao meu redor tudo era verde, quase virgem, um ar leve, o exato oposto daqueles ambientes do passado, não sei exatamente porque me lembrei das avenidas caóticas de São Paulo estando justamente no extremo, ao sul, ao norte, à leste, à oeste, me afastando por todos os lados, para todos os lados. Imaginei o tamanho do simbólico contraste entre o verde e o cinza e já não conseguia definir lados, assumir posições, sequer sabia onde realmente eu pisava. Esse contraste não deixava de ser como uma mola propulsora, mas isso só é realmente eficaz no momento em que ainda sabemos como identificar alguns caminhos.

Caminhei por horas, não cruzei ninguém, um silêncio bem duro se colocava entre aquela natureza — morta ou viva, verde ou quase cinza — e eu. Caminhava na terra como se fosse asfalto, sentia a dureza da terra como se fosse concreto. Pensei que a minha sôfrega condição física fosse implodir na próxima subida, o peito queimava, a cabeça girava, as pernas pareciam ter o peso de uma consciência culpada. Sentia-me como um peregrino, buscando, através de um caminho, o lugar da redenção, o que talvez nem fosse o caso. Comecei a temer pelo meu senso de direção à medida que caminhava, subia, subia e nem sinal de praia.

Do alto do morro finalmente eu ouvi o mar.

Esfarrapado e meio zonzo comecei a descida. Aquela trilha sonora, bem de fundo, de força, provavelmente a água batendo violentamente nas pedras, tudo aquilo me levou a caminhar mais rápido, quase tropeçando nos próprios joelhos. Desci como descem os ônibus nas grandes avenidas em dias sem trânsito. O barulho ao fundo tinha uma coisa meio hipnotizante e eu descia como se o perseguisse, implacavelmente.

Algo esvaziava em mim naquele caminho. A cabeça tal qual uma cabaça seca. Chegar no centro daquele barulho era a única coisa que importava, não tinha resto, não tinha mundo exterior, não tinham outras pessoas, não tinham as escolhas mal feitas, não tinham as escolhas a fazer, nem o dia de voltar, não tinha nada que não fosse o meu total vazio, a minha total confusão, o barulho do fundo e o silêncio duro, o meu total desconhecimento sobre o que me esperava ao final daquela descida.

33.

Um pequeno portão dava para uma grande área plana e bastante arborizada, árvores nativas, de beira de praia, se misturavam aos arbustos e a um matagal pouco planejado. Pequenos quadrados de terra marcavam claramente onde pessoas já haviam instalado suas barracas. O pequeno portão era falso já que não havia cerca — muito menos muro — que determinasse um espaço exato. Até onde andei não vi ou ouvi ninguém, só o barulho do mar ao fundo, onisciente. Era possível ver uma pequena trilha que adentrava a mata fechada e que, sonoramente, era bem provável que levasse à praia. Escolhi um dos pedaços de terra batida para montar a barraca e fui direto na direção daquele barulho que havia dado as caras ainda no alto da trilha. Caminhei por pouquíssimos minutos até me deparar com uma bela, extensa e deserta faixa de areia. Olhando para o mar era incrível a força das ondas, como se uma se rebelasse contra a outra, ou como se todas se unissem anárquica e violentamente contra o continente. As ondas vinham, batiam com força e voltavam, num movimento incessante e cíclico, mas não organizado. Aquilo era hipnotizante, como ficar assistindo repetidamente a mesma coisa mas com algumas variações a cada ir e vir. Os olhos trincavam. Durante muito tempo, pude deixar voar qualquer resquício de racionalidade sobre minha presença naquele lugar. De alguma forma era óbvio o porquê de eu estar ali, aquilo era lindo, misterioso, obscuro, aquilo me tragava para um outro tipo de experiência sensorial. De vivencia e de sobrevivência.

A questão a se fazer era se existia algum motivo para eu não estar ali. Algum motivo para não fazer o avesso, olhar o avesso, ir pelo avesso, ser do avesso. Escolhi um dos lados da praia para percorrer primeiro. Acho que fui pela esquerda e bastou pouco tempo para eu avistar, no extremo da praia, quase entrando para o braço do rio, uma pequena barraca. De longe não havia sinal de pessoas. Tive um quase ímpeto de ir até lá mas me detive a tempo, provavelmente aquela pessoa, caso houvesse uma pessoa, ela não queria ser encontrada. Ninguém monta uma barraca de forma tão isolada se quisesse fazer uma fogueira e comer *marshmallows* e confraternizar com qualquer coisa que não fosse consigo mesmo e com aquela vastidão de deserto e silêncio. Não consegui deixar de imaginar a história que poderia haver ali. Anotei quatro palavras no caderno: "barraca, braço do rio, vastidão, isolamento".

Normalmente as pessoas que se isolam estão passando por algum tipo de sofrimento (o que não exclui um tipo de sofrimento altamente libertador), não é regra, mas é com certeza mais comum, como se isoladas pudessem, num último desespero, ouvir algo internamente, ou cosmicamente, que não era possível ouvir em meio ao barulho de outros seres humanos. Se funcionava? É possível que sim. Mas com certeza em alguns casos era a brecha pra avalanche descer de vez a montanha. O cinema e a literatura são mestres em representar coisas do tipo, eu mesmo tive um amigo pirado em Thoreau que se refugiou numa pequena vila, numa montanha perdida, e não voltou mais, mas quando eu o reencontrei ele me parecia um cara feliz, quase como se fosse outra pessoa, e não é apenas forma de dizer, mas enfim, pode não ser nada além de um caso isolado. Haveria alguém ali, afinal? Ou era apenas um pedaço de lona esquecido/abandonado? A curiosidade com aquela cena me fez voltar à barraca e buscar a câmera fotográfica. Imaginei que mesmo distante conseguiria uma foto no mínimo com algumas possibilidades. O vento começou a chiar mais nervoso completando o estado ansioso das ondas e de todo o resto do cenário. Um lugar perdido, uma barraca quase sendo levada, alguém possivelmente sozinho, e o silêncio. A escuridão começou a cair sobre a praia no momento em que notei a falta da lanterna. Rumei apressado de volta à barraca. Entrei.

Sentia alguma segurança ali — fechado num pequeno espaço de plástico rodeado por uma natureza brutal —, mesmo que agora assaltado pela ideia absurda de que a barraca na praia poderia ser a minha. A história na praia, qualquer que fosse, se é que existia, poderia ser a minha. Eu tinha a impressão, muito viva, de já ter visto aquela barraca antes.

Sem energia elétrica tudo apaga-se muito cedo.

34.

O espaço na barraca devia ser de dois metros de comprimento por dois de largura. Dois corpos, o meu, e o da mochila, paralelos. Com o casaco fiz um travesseiro para evitar a dor no pescoço, permaneci ali, vez em quando abria um pouco o zíper e olhava para fora, não sem certo receio, a escuridão e o silêncio formavam uma dupla genial, um complemento perfeito.

Acendi a lanterna e retomei as quatro palavras que havia anotado no caderno: "barraca, braço do rio, vastidão, isolamento". Fiquei olhando as palavras escritas à caneta na folha de papel, não consegui formular o que elas significavam. Alcancei a câmera e revi a foto que havia tirado, tentei sobrepor as coisas. Uma onda de ar frio acometeu meu corpo. Eu lembrava de onde eu conhecia aquela barraca. Eu sonhara com ela na primeira noite que havia passado em Goitacá, no *camping*. Lembro de ter anotado sobre barracas sendo tragadas pelo vento. Era aquela barraca, sem sombra de dúvida. Se isso queria dizer alguma coisa eu não fazia ideia, mas eu não estava em posição de ficar totalmente alheio a esse tipo de brisa, ou o que quer que isso fosse. Nesse momento, tudo que acontecia, ou parecia acontecer, eu acabava levando em conta, a cabeça anda ruim e não é bom acreditar piamente nos olhos. Deixar fluir o que antes era apenas confusão. Parecia que agora as coisas sempre queriam dizer algo, transmitir algo.

Parecia que eu já tinha vindo pra cá (aquela mesma barraca no horizonte) há muito tempo.

35.

Da primeira vez que fui até aquela barraca, a caminhada e a ansiedade pareceram retirar de mim a noção do tempo. Poderia ter dito que caminhei por muitas horas, quando provavelmente foram minutos. A barraca foi crescendo aos meus olhos, mas uma coisa não mudava: a forma como ela era sacudida por um vento que não parecia ser o mesmo que eu sentia. Ela realmente parecia que seria tragada a qualquer instante. Me aproximei, olhei detalhadamente, não parecia haver ninguém. Abri o zíper devagar e não segurei o jorro de vômito: um velho. Morto, podre. Fedia sozinho.

Apagão.

Da segunda vez que fui até aquela barraca, a caminhada e a ansiedade pareceram retirar de mim a noção do tempo. Poderia ter dito que caminhei por muitas horas, quando provavelmente foram minutos. A barraca foi crescendo aos meus olhos, mas uma coisa não mudava: a forma como ela era sacudida por um vento que não parecia ser o mesmo que eu sentia. Ela realmente parecia que seria tragada a qualquer instante. Me aproximei, olhei detalhadamente, não parecia haver ninguém. Abri o zíper devagar e não segurei as lágrimas de alívio e surpresa: Martina dormia mansamente, a respiração suave, o corpo nu. Abriu um dos olhos, sorriu pra mim ao mesmo tempo em que me puxava para dentro da barraca. Me puxou para o meio de suas pernas abertas e quentes. Tirou minha roupa e me acariciou, sussurrando no meu ouvido que agora ficaríamos bem. Eu me senti confortável e seguro como uma criança nos ombros fortes do pai.

Luz.

Da terceira vez que fui até aquela barraca, a caminhada e a ansiedade pareceram retirar de mim a noção do tempo. Poderia ter dito que caminhei por muitas horas, quando provavelmente foram minutos. A barraca foi crescendo aos meus olhos, mas uma coisa não mudava: a forma como ela era sacudida por um vento que não parecia ser o mesmo que eu sentia. Ela realmente parecia que seria tragada a qualquer instante. Me aproximei, olhei detalhadamente, não parecia haver ninguém. Abri o zíper devagar e caí sobre os joelhos ao ver, eu mesmo, esticado, inerte, aparentemente sem vida, mas de olhos abertos.

Da última vez que pensei em ir até aquela barraca, eu já não sentia quase nada. Não tremia. Caminhei sem pressa, o ar quente, úmido e parado. Não havia sequer uma brisa. Não havia mais barraca.

Me arrastei feito bicho na areia sem entender de onde vinham as coisas terrivelmente inevitáveis que andavam fazendo a festa na minha cabeça.

36.

Alguns dias, não sei precisar, se passaram desde que eu voltara para Goitacá. Não saberia agora identificar o que exatamente havia acontecido comigo naquela praia. Desde que retornei, tinha preferido fingir que aquele "passeio" nunca tinha acontecido. Havia partido por causa de uma simples carta e voltara louco, ou quase isso, ou perto disso. Sem mencionar meu quase reencontro com os pais de Eva assim que pisei no cais. Sem a certeza de que eles realmente estavam na minha frente (provavelmente nem estavam) preferi seguir quase passando por cima deles. Ainda escutei vozes me chamando de volta, mas não tive qualquer gana de voltar.

Assim que encontrei o Tomás, ele quis saber sobre a viagem, eu não me recordo muito bem, mas acho que passei reto por ele também e passei quase dois dias sem conseguir sair da barraca, quando o fazia sentia os olhos preocupados do Tomás, que havia preferido me deixar livre pra superar qualquer que fosse o tipo de merda que estava acontecendo. Até que um dia, como qualquer outro maluco fodido que já passou por essa parada chamada tranquilamente de vida, eu tomei coragem ou coisa próxima disso, me reergui e pus o corpo pra fora. Já sentia alguma sanidade tentando beliscar meus pés, levantei e procurei fingir uma normalidade que ainda me escapava na totalidade, na verdade, me escapava há muito tempo, e de uma forma que talvez eu nunca tinha imaginado. Olhando de perto, me escapava há muitos anos, mesmo que eu mentisse pra mim mesmo, mesmo que eu saísse por aí me despedindo dos outros sem motivo aparente.

Encontrei o Tomás na praia, sentado sozinho debaixo do sol, um sol quase de verão. Coloquei a mão no seu ombro, virou assustado. Me olhou com certo alívio, mas um pouco ressabiado. Me sentei ao lado dele.

— Cara, queria te pedir desculpas, de verdade, de novo. Acho que eu não estou muito bem, na verdade eu já não sei o que eu tô sentindo, ou mesmo vendo. Eu devo estar enlouquecendo, e é uma sensação terrível. Foi difícil cara, tá difícil.

— Tava bem preocupado contigo — respondeu o Tomás. — Aliás, eu ainda estou. O que tá pegando? Coloca essa merda pra fora, *brother*, se tu ficar aí andando de um lado pro outro, calado, derrotado, isso não vai passar, não.

— Eu não sei exatamente, Tomás, essa é a questão, saí daqui com a carta, era uma tentativa de superar, apenas, e acabou virando uma guerra de foice comigo mesmo — eu disse, bem confuso.

— Ainda Eva?

— Não sei, realmente não sei, provavelmente não, tem mais a ver com o que eu fiz comigo mesmo. Talvez eu tenha percebido que tô sendo meu próprio algoz, meu próprio demônio, esse tempo todo. Talvez Eva não tenha dito o que eu preferi escutar, só isso. Talvez eu sempre tenha dito coisas sobre as quais eu nunca tive certeza. E não sei se posso ter o privilégio da inocência.

Tomás me olhou confuso, mas eu sentia que de alguma forma ele lia nas entrelinhas, ele percebia mais do que eu conseguia dizer com clareza.

— E a Martina, tem parte nisso tudo também? — ele me olhou.

— Você é a porra de um romântico sentimental — soltou de forma meio abrupta, o riso nervoso.

— Talvez sim — eu disse sério. — Mas não sei da Martina. Sacou que eu não sei de porra nenhuma? Tô começando a achar seriamente que eu preciso de um psiquiatra, ou coisa que o valha. Nunca pensei que num lugar desses eu precisaria pensar em remédios, médicos, avaliações psicológicas.

Agora ele mantinha uma expressão pensativa.

— Isso acontece, vai por mim, nem é tão raro como você tá pensando. Essa natureza é divina, mas não dá conta de apagar certos rasgos que esse mundo escroto causa. Tenta relaxar que essa merda vai passar, essa é a única certeza.

Ficamos em silêncio por alguns segundos, ambos olhando para a areia sob nossos pés. De repente Tomás disse:

— Talvez eu saiba de algo que possa te devolver alguma tranquilidade, pelo menos tu não vai ter que se submeter de imediato a essa medicina tradicional mentirosa. E tentar é sempre válido.

— Tô tentando qualquer coisa, menos praias desertas no momento, diz aí Tomás, de novo né, me diz pra onde ir camarada.

Então ele me falou de um ritual "meio indígena barra xamânico" na beira de uma cachoeira, e eu coloquei uma puta fé naquilo. Eu tinha fé em quase nada, mas colocava fé em quase tudo.

37.

Tomei um porre de ansiedade. O papo com Tomás, ou talvez a perspectiva do tal ritual mexeram com a minha cabeça me jogando numa vontade de sair pelas ruas, olhar as pessoas caçando a felicidade nas ruelas de pedra, os pipoqueiros da praça central se esforçando num inglês totalmente inexistente, eu olhando o movimento, a escadaria, uma cerveja atrás da outra. Eu era cliente fiel da barraca da Rose, "26 anos no mesmo lugar", ela dizia orgulhosa pra todo mundo que passava. E nesse dia eu saí numa direção que eu conhecia, mas que não tinha destino certo. A Rose me conhecia da repetição, nunca tínhamos trocados mais que algumas palavras, mas nesse dia lembro dela me alertar sobre eu estar indo muito depressa e dizia "cuidado com o calor, ele engana o corpo e confunde a mente. Sabia que é durante o verão que as pessoas mais tem surtos nervosos? Naturalmente a cidade fica mais perigosa".

Minhas pernas fizeram o jogo da minha cabeça e acabaram me levando de volta ao bar do seu Agenor. Não eram boas as ideias que me acompanhavam naquela noite. Cheguei lá já nem sei como, me escorava nas paredes, meus dois joelhos sangravam (um tombo ridículo separava essa condição da anterior). O Agenor tinha me deixado pirado desde o dia em que eu tinha ido lá com o Tomás. Se era a história que eu buscava (e talvez eu buscasse mesmo uma história) eu não sei, mas aquela baboseira de pirataria eu tinha que tirar a limpo. Obviamente tudo isso me surgiu quando eu estava num estado lastimável de bêbado. Resolvi ver o seu Agenor e quando consegui alcançar a frente do bar eu o vi sentado sozinho atrás do balcão, provavelmente já quase na hora de abaixar as portas. Seu rosto estava contraído como da primeira vez, agora não parecia ter desconfiança, mas sim abatimento, era um olhar perdido, simples assim. Um peso que deveria pairar na consciência, muita coisa acumulada, algo que você não adquire de um dia pro outro, um olhar que, definitivamente, não é para iniciantes.

Quando ele virou a cabeça pra rua tentei me esconder, mas o máximo que fiz foi pisar em falso na calçada, pender para trás vergonhosamente e cair quase no meio da rua. Pelo menos já não haviam carros passando. A sorte é que, antes da segunda paulada (a primeira me acertara apenas de raspão numa das pernas), ele me reconheceu. Não é que tenha ficado menos puto, apenas me concedeu algum tipo de misericórdia que ele ainda guardava ali no peito. Minha situação alcoólica até se aplacou com a paulada, levantei rápido, tentando me desculpar.

— Vaza daqui, moleque, quer o que aqui? Essa cidade não é pra você — gritou o Agenor.

Não lembro direito das minhas palavras, tentei explicar que eu só tava de passagem.

— Vaza daqui, não quero bêbado me enchendo o saco.

Voltou a sentar onde estava anteriormente, mirou a vista no mesmo lugar (no nada) e ficou.

Me afastei contrariado, mas a bebedeira não me deixou ir embora (eu batia de frente com uma noite que não era minha). Aquilo de pirataria não fazia o menor sentido. E por que essa cidade não era pra mim? O que fazia sentido nessa porra toda então?

Assim que (re)pisei no primeiro azulejo na parte interna do bar ele voltou a pegar o pedaço de pau, agora com mais gana. No momento em que ergueu sua arma percebi que seu Agenor tinha lágrima nos olhos.

Me acertou mais um golpe, esse um pouco mais em cheio.

Saí correndo num ziguezague quase involuntário.

38.

Só consegui participar do ritual muitos dias depois da conversa com o Tomás. Não era qualquer um que chegava lá e participava. Tinha toda uma energia envolvida e seus participantes levavam aquilo com seriedade bolchevique. Eu já tinha lido sobre o chá de ayahuasca, mas nunca tinha participado de ritual nenhum, sabia que cada lugar podia seguir uma doutrina diferente, ou ministrar o rito de formas diversas. Depois de muita ajuda do Tomás consegui um "convite" pra me juntar ao grupo. Só a perspectiva de uma experiência nova já alterou um pouco meus próprios planos de enlouquecimento súbito. Tomei um circular na rodoviária que me deixaria na beira da estrada no ponto de entrada para a trilha da cachoeira. Uma trilha curta, um descampado primeiro, mata fechada depois, até uma belíssima cachoeira, com uma queda uniforme, alta, bem alta, a água que vinha de cima quase não alcançava a água debaixo, o que tornava aquele lugar fresco e bastante agradável. Quando cheguei quinze pessoas já estavam por ali e logo entendi que não chegaria mais ninguém, aquele era o número final de participantes, fiquei incomodado porque aquilo já me colocava na posição do novato descompromissado e atrasado (nunca é bom iniciar relações dessa forma). O cara que guiava a parada, uma espécie de xamã, me disse que era filho de peruanos e se chamava Nico. Vestia-se como todos, passaria por um participante comum, e pelo jeito não gostava de falar muito. Aliás ninguém ali conversava entre si. Ninguém abria a boca pra nada, eu tava querendo puxar um papo, trocar ideia, interagir, mas ali a coisa funcionava diferente. Nico ficava no centro e fazia gestos para as pessoas, como indicando em qual pedra elas deveriam se sentar. As pedras do local, quase planas, pareciam colocadas ali manualmente para o ritual — pareciam formar um círculo. Todos sentados, intercalados, um homem e uma mulher. Era início de tarde e ficaríamos ali pelo menos até o anoitecer. Tinham deixado bem claro que uma vez lá só era permitido sair ao final da coisa toda, que por sua vez não tinha muito bem um prazo definido pra terminar. Após eu insistir um pouco (minha inquietação não me deixava confortável naquela posição), parecendo de saco cheio, Nico me explicou que dependia da questão energética, de estar todo mundo bem para regressar às suas casas, de ninguém estar na "peia", que era como eles chamavam a nossa tradicional *bad trip*.

A questão é que aquele lugar, aquelas pessoas, a atmosfera, compunham um ambiente de filme, era cinematografia pura, a luz que entrava, a sensação do vento, o movimento das árvores, da mata. Fora o frio na barriga, a sensação de desconhecimento sobre o que aconteceria nas próximas horas.

Após ingerir um gole do chá, num cálice que passou de mão em mão completando o círculo, tínhamos que fechar os olhos e teoricamente só abri-los ao final de tudo (quebrei essa regra diversas vezes, minha curiosidade era uma louca traiçoeira). A não ser quando éramos obrigados a levantar pelos efeitos do chá no estômago, que saía ou por cima ou por baixo, nunca (que alívio) as duas coisas ao mesmo tempo. A parada era realmente toda interna e por algumas horas o mundo exterior não ostentaria uma migalha de importância. Tudo seria jogado para dentro da camada interior onde as coisas são indefinidas e se transmutam com rapidez. Do meio do mato começaram a chegar sons de batuque e algumas flautas. Eu nem pensei em questionar se aquilo era ou não real, porquê era intenso, balançava no exato ritmo do mergulho, de um mergulho em câmera lenta para algum tipo de núcleo central. E se você se permitisse, a parada ia lá no fundo, "no núcleo do núcleo do seu núcleo mais central", disse o Nico.

Num estado totalmente onírico (uma sensação de prazer muito foda) senti meu corpo se contorcer, esticar, encolher, rodar, voar

(voar era a melhor parte, uma leveza indescritível). Tudo seguia um ritmo e de repente me vi correndo bem maluco por uma rua que não conheço — mas sabia que era em Goitacá — atrás de um livro. E era um livro do Paulo Scott. Um livro que eu não encontrava, e que eu não encontraria, apesar de procurar e procurar ao longo da rua. Mas eu encontraria os personagens desse livro — Habitante Irreal —, eles estavam putos como se fossem pessoas reais, apesar de viverem na minha viagem, na minha ficção. O Paulo também estava lá e tentava acalmá-los sem sucesso. Era o livro que eu lia naquele momento, e eu tava pirando, então até fazia algum sentido, pensei novamente em narrativas, várias delas, criava mentalmente diversas conexões que pareciam simples, mas que nesse contexto faziam um sentido completo. Obviamente eu não compreendia tudo. Era uma ficção tomando forma dentro de outra ficção, por sua vez dentro de outra, e assim quase sucessivamente, quase ininterruptamente, até se esfarelar. Não eram visões claras e definidas, eram mais os sentidos em êxtase, todos eles, trabalhando em expansão e velocidade máximas.

Até que eu vi Eva.

"Você não checa seus e-mails?", ela perguntava com raiva. Tanta raiva em seus olhos faziam brotar e explodir lágrimas de puro ácido lisérgico. Foi uma cena linda. Vi cores de todos os tipos no interior dos olhos de Eva. De fato, eu não checava mais meus e-mails. Mas eu não pensei nisso naquele momento. Eu vi Eva, bem na minha frente, com ódio na cara, talvez algum amor, e eu só tinha vontade de dizer pra ela que finalmente tudo estava acabado. Que nós dois estávamos livres, em todos os planos. Quando minha boca ameaçava começar a balbuciar o início da frase "estamos livres", Eva desaparecia. Outros personagens chegavam, outras coisas, já não era possível fazer alguma ligação. Depois Eva voltava e tudo se repetia. Quando tentava falar, sumia. A música voltava, luzes voltavam. Isso deve ter se repetido umas quatro vezes. Era como se o momento do fechamento do ciclo se esvaísse ou não quisesse participar do seu próprio fim. Mas as aparições de Eva claramente se davam em Goitacá, como se isso sinalizasse o local da separação, quando sempre imaginei como o local da união. Se isso era um sinal, era um sinal de quê? Provavelmente de muito pouca coisa.

Do nada ouvi os batuques ficando mais próximos, e mais próximos, e de repente parecia que o barulho ritmado vinha de dentro.

Senti a *bad* (ou peia), finalmente. Acho que era o momento disso acontecer, eu conseguia sentir a energia pesada que saía das outras pessoas, passava por mim e depois se dissipava. Diziam que era parte do processo, que era necessário, então eu tentei aguentar firme, mas era como se eu tivesse enlouquecendo na frente de todo mundo e ninguém me esticasse a mão, pelo contrário, continuavam agindo como se estivessem, tranquilamente, fazendo compras num supermercado qualquer. Só que, nesse supermercado, eu me debatia entre as gôndolas. Cogitei dar um pé naquilo tudo e voltar pra calma do meu quintal. Entendi ali, nessa hora, que tem coisas que a gente tem que resolver sozinho e tive vergonha da minha covardia. Assim como vieram, do nada, os tambores pareceram começar a sair de dentro de mim, o som se afastando, calmamente. Voltei a ficar num estado de quase sono, uma brisa permanente me atravessava a alma.

De repente, desceu sobre nós (pelo menos sobre a minha carcaça) uma massa de frio polar.

Me retorci em cima daquela pedra. As lufadas de água fina vindas da cachoeira se transformavam em agulhadas perfurantes de frio. Muito frio. Meu corpo tremia, na sequência voltava a suar, e tremia e suava, e sentia frio. Que frio do caralho. Eu estava ensopado. Mas era relaxante a paz que eu estava sentindo, era relaxante me sentir um só com aquela pedra, nós éramos um só, todo ali, cravado na natureza, imóvel, suspenso num vulto de tempo.

Ao término do ritual as pessoas se abraçaram, eu abracei as pessoas, não foi forçado, eu realmente quis abraçar as pessoas. Conversei com algumas delas que me diziam quase sempre a mesma coisa, como um mantra, um grito de guerra, ou de paz, de formas diferentes, mas de essência igual: "não menospreze a força da natureza". Nico continuava em cima de uma das pedras aparentemente num estado meditativo. O que eu podia tirar, talvez, de mais significante, era a tal da interação com o lugar, ou mais especificamente, o pertencer ao momento, que foi o que aconteceu ali, total relação com o momento e com o lugar, total relação com a minha própria cabeça.

Ou, talvez, o que eu podia tirar dali é que era um porre ficar procurando sentido em tudo que me acontecia, as vezes as coisas acontecem apenas pelo desejo de acontecer.

Às vezes minha cabeça só falava por falar.

103

39.

Bem no meio do verão enfrentamos uma chuva de sessenta e dois dias ininterruptos. Numa situação dessa as pessoas claramente passam por mudanças, as relações pequenas da vida se alteram. A princípio, na distância, uma chuva de sessenta e dois dias pode parecer uma coisa corriqueira, que logo passa. Mas o tempo — durante o dilúvio que o céu nos empunha — se arrastou como uma espécie de lagarto no deserto. O *camping* ficou praticamente impraticável. Alagamentos, mofo, a eterna sensação de sufocamento pela umidade. Mar e rio não tinham mais diferença de cor e pareciam também não aguentar mais a carga que colocavam sobre seus ombros, ou cursos, ou sei lá o quê. A sensação no ar era de depressão. A fuga dos turistas, o comércio vazio, os restaurantes fechados, as ruas quase desertas. Notei que fazia uns dias que nem o sino da matriz estavam tocando. Parecia que a chuva era capaz de arrastar, inclusive, a fé das pessoas.

Um dia, de guarda-chuva em punho, e sem mais porra nenhuma pra fazer, acendi um baseado na praça (a carburação nessas condições era uma arte) e passei o dia todo ali, debaixo da chuva, olhando a igreja e as ruas ao redor. Da praça da igreja não se vê o mar. Da praça da igreja acho que nem Deus vê o mar. E na verdade, naquele dia, ninguém via quase nada.

Pensei em quanto tempo ainda ficaria nesse lugar. Descobri, sentado ali, que já tinha grande carinho por aquela cidade, mesmo que por algum motivo torto. Fazia quase um ano.

Um ano não é pouca coisa.

PARTE 2

1.

Quando o sol voltou, a cidade se reergueu tal qual as plantas. O verão seguia seu curso, já mais próximo do seu término, o que não significava nada para turistas ávidos por qualquer coisa que não fosse bolor e estivesse na área externa de seus quartos de hotel. A praça lotou, as tiazinhas da pipoca faziam fortuna, a cerveja acabou, os *drinks*, bom, os *drinks* não acabavam nunca. Me sentei com o Tomás na escadaria em frente à porta da igreja.

— Diz aí, Tomás, o que é tão importante, você tá me deixando noiado.

— Seguinte, eu não sei muito bem como dizer isso, porque essa coisa não tá muito bem resolvida nem pra mim. Tô pensando em sair fora.

De alguma forma, não sei como, eu já esperava aquilo, sentia, mas não pude evitar o baque, afinal o Tomás era o cara que tinha me dado toda uma estrutura — não apenas material como emocional também — desde que eu chegara nessa aventura sem pé nem cabeça que eu tinha me metido.

— Saindo fora, como assim? Pra onde?

— A questão é essa, nem eu sei. Lembra da parada do terreno? A coisa tá pegando, é bem provável que eu tenha que sair daqui mais cedo ou mais tarde. Pensei em me antecipar e evitar um confronto que foge totalmente da minha ideia de mundo quando eu vim pra cá. Eu não te contei a história toda, não queria te perturbar com isso. O cara que tá indo atrás dessa papelada, na real, o cara que quer me dar o tombo, é meu irmão. Não tinha notícias dele há anos, acho que mais de quinze anos. Tinha sumido no mundo, não apareceu nem quando meus pais morreram. Deve ter descoberto que eu tinha ficado com isso e foi atrás de fazer a papelada. É questão de tempo pra ele virar dono, oficial, vamos dizer assim, do *camping*. E eu não tô afim de guerra.

— Que filho da puta, mas você vai simplesmente deixar o caminho livre pra ele? — perguntei.

— Do mesmo jeito que cheguei eu posso ir embora, e eu cheguei aqui com a alma leve, e assim eu quero sair, nunca te disse, mas meus pais moravam aqui, por isso que vim, era uma fase foda e eu meio que queria me sentir, de alguma forma, próximo deles novamente.

— Você tá certo, Tomás, é foda, mas tá certo em querer preservar o que é importante pra você, e que nem sempre é a parada material. E quando vai ser isso, *brother*, quando você quer cair fora?

— Em breve, mas tu vai saber, sei que precisa se ajeitar, tô tentando pôr a casa em ordem, ver o que eu posso vender pra levantar uma grana.

A noite parecia que esquentava conforme as horas passavam e cada vez mais gente se juntava para aproveitar a clemência da chuva. A umidade era claustrofóbica, agravada, obviamente, por aquela conversa. Sentia as gotas de suor deslizando nas minhas costas.

— Confesso que não esperava por isso, Tomás, mas de alguma forma eu te entendo, essa parada de não querer entrar numa briga sem sentido. E, no fim das contas, eu não acho que você é o tipo de pessoa que ia querer ficar parado no mesmo lugar por muito tempo. Acho que a gente não consegue. E da minha parte fica tranquilo que eu me ajeito.

— Valeu, sabia que tu ia entender, e melhor, me dar uma força. E tu matou em cima, eu, acho que nós, né, não somos de ficar muito tempo num mesmo lugar. É uma coisa que é da natureza de cada um, e a nossa é assim. Talvez essa coisa toda do meu irmão nem dê em nada, mas acho que isso é algum tipo de sinal me mandando pra frente, quem sabe... Né, não? Veremos. Mas é isso, te aviso quando tiver alguma novidade. E chega desse papo, tá calor demais, bora mergulhar numa cerveja gelada?

Bebemos como se estivéssemos numa batalha de vida ou morte contra aquele clima propício ao enlouquecimento.

2.

Já bêbados e totalmente sentimentais, Tomás e eu nos deparamos com um tiozinho assombrado pela própria história. Encostou em nós, como vários encostam, a deixa é o dinheiro, mas a essência é a companhia, o falar, comunicar, a pura e simples terapia entre seres humanos falantes e possivelmente sensíveis à história do outro. "Tiozinho da ilha", como o próprio se definia por residir numa ilha bastante próxima à Goitacá e que estava ali querendo apenas complementar a passagem da travessia de barco. Ou era o que dizia. Na verdade, ele tava ali era pra continuar expurgando demônios, tentando afastá-los pelo diálogo com meros desconhecidos. Talvez ele nem tivesse exatamente onde ficar, pra onde voltar, e tudo não passasse de uma encenação cega de quem não tem mais um caminho claro a seguir.

— Que cêis tão fazendo por aqui com essas face de doidão? Eu só tava querendo era voltar pro mocó, dá pra me dar uma força, não?

Tomás tomou a frente e disse que a gente já estava duro depois de tanta cachaça.

— Pô, cêis tavam com cara de que iam me ajudar. Por que é o seguinte, não bebo e nem fumo, desisti de tudo, e eu era o que chamam hoje de um cara foda, sério, não ri, não, trabalhava em São Paulo, Banco Mercantil, Avenida Paulista, pavimento da burguesada, na época eu não falava essas coisas, não, tava com 27 anos e ganhando um salário que daria pra sustentar minha esposa e minha filha com algum luxo.

Sentou na escada, falava sem parar olhando bem nos olhos da gente, percebi que o tio do churros acompanhava a história apenas apontando o ouvido.

— Eu tava bem ganancioso nessa época, queria mais e mais e meu chefe tinha uma puta consideração comigo, o que me enchia de autoconfiança, percebe a bobagem, meu amigo? Nesse ponto, ele parou por um tempo, parecia que, de repente, a história tinha desaparecido do seu horizonte, balançou de um lado para o outro e voltou.

— Até que me ofereceram uma promoção, das boas, porra velho, eu sou negro, de origem humilde, trampando num banco, recebo uma promoção, eu tava me achando o cara. Mas era na Bahia a porra da vaga, tinha que levar a família pra Bahia, tirar as meninas, mulher e filha, do conforto do lugar conhecido, proximidade com os entes queridos e essas coisas todas.

Olhei para o Tomás e os olhos dele já quase brilhavam também, estavam fixos no "tiozinho da ilha".

— Cheguei em casa e coloquei pra esposa a coisa de mudar pra Bahia. Sempre me apoiou. Pedia pra eu tomar cuidado com a porra da ganância, e eu nunca ouvi, pensava só que tinha que dar do bom e do melhor pra elas. Eu tinha um prazo cara, a porra de um prazo, eu tinha que mudar pra Bahia em uma semana.

Nesse momento, Tomás interrompeu pra buscar mais cerveja na barraca da Rose, senti o tiozinho ansioso pra continuar descarregando sua história. Nesse ponto ele já tava meio suando e finalmente depositou sua pequena mochila no chão. Tomás voltou meio correndo com a octogésima cerveja em mãos.

— A patroa só disse que de avião não iria, "não entro naquele troço nem fudendo", dizia ela, porra, a gente tinha um apartamento em bairro nobre, tava pagando ainda, mas era nosso. Comprei a passagem e combinamos que ela iria na semana seguinte, de ônibus, três dias de viagem, porra, três dias de viagem. E eu segui, de olho no que aquela promoção poderia comprar para as minhas princesas, voei, aterrissei, casa preparada pelo banco, tudo bonito pra caralho. Salvador.

Nesse ponto a gente já pressentia o nível da tragédia, me sentia gelado naquela escadaria de pedra no meio de um calor escaldante, de frente pra igreja, de frente pra Deus.

— Elas nunca chegaram, meus amigos. Pararam de frente num caminhão desgovernado — ele falava como quem precisa, mas como quem, pela dureza da coisa, tinha sedimentado aquilo tudo — cêis entendem então porque eu vivo assim? Eu desisti de tudo, eu desisti por já ser tarde, eu sofri por ter tido olhos grandes, eu nem precisava de mais dinheiro, mas eu pensava nelas, eu pensava em algo que talvez elas nem quisessem, entendem?

A gente ficou meio petrificado, aquilo que impede as palavras de brotarem, e não era que alguma junção de frases fosse resolver alguma coisa, mas eu tinha vontade de entrar na narrativa do cara e agregar alguma palavra de apoio ou coisa parecida. O Tomás recostou, quase deitando na escadaria, o tiozinho pegou cinco reais, era o que nos restava, apertou fortemente a mão de cada um, e saiu caminhando como quem não tivesse acabado de contar tamanha epopeia estragada pela sanha dos dentes afiados da porra do dinheiro. Dentro da nossa bebedeira a gente quase acalmou a mente diante daquilo tudo. Diante do papo anterior.

Foi quase instantaneamente, e sem verbalizar, que levantamos, passamos a ponte, e seguimos pra casa, com um peso grande que não era nosso, mas era o mundo, era o que nos rodeava, era do que talvez a gente queria fugir, ignorar, quiçá bater de frente, mas com certeza era o que nos consumia na ânsia de um caminho certo a trilhar.

3.

Então era isso, provavelmente o Tomás ia cair fora. Acordei com aquela lembrança na cabeça, mas não me senti mal nem alerta para o que o futuro reservava. Era da dinâmica do jogo. Obviamente eu não ficaria ali no *camping*, não me agradava pensar que talvez eu desse de cara com o esse tal irmão do Tomás, e era de bom senso eu sair dali, o Tomás não disse, mas estava quase explícito. Fui até a praia, sentei no canto mais à esquerda, o sol ainda fraco. O que ainda me segurava por aqui era entender que talvez o ciclo ainda não tivesse terminado, e eu acredito que um ciclo sempre deve terminar, se fechar completamente.

Eu tinha inaugurado uma outra vida nesse lugar, menos assombrada, menos assustada, e agora o verão começava a ir embora e eu tinha de volta uma sensação de renovação, de recriação, de ressurgimento. A sensação de pertencimento se mantinha, talvez até mais forte, não me vinham motivos que me levassem a pensar em ir embora, pelo contrário. E um desses não-motivos tinha nome: Maria.

Maria, sem saber, me trouxe uma calma que não sei nem se ela experimentava, me devolveu de volta ao mundo dos vivos, ou perto disso, sua aparição eram como sinos tibetanos ressoando levemente na minha cabeça. Maria colocou Eva e Martina num barco e ofereceu pra Iemanjá (obviamente não era a melhor relação que eu podia fazer, mas era como eu sentia, e eu não estava afim de florear as imagens que minha cabeça criava). Maria inaugurou novas relações na simplicidade do meu dia a dia.

Maria era garçonete do quiosque mais à esquerda da praia. Tinha aparecido na minha vida há menos de um mês, quando veio do Rio pra cá na tentativa de mudar e lidar de vez com essa nossa eterna procura por algo pleno de sentido, de calma, de paz, até. Nos trombamos casualmente na praia, conversamos por um tempo e desenvolvemos uma cumplicidade meio súbita, empatia meio irreal, imediata, dessas coisas que chamamos raras por não termos uma palavra mais forte. Esse tipo de coisa que anda em extinção avançada. Na nossa primeira conversa, Maria me contou que queria ser cantora, mas não cantou pra mim, apenas dedilhou o violão. Contei pra Maria sobre meus últimos tempos em Goitacá. Maria me contou que tava muito feliz com o trampo no quiosque, "pelo menos eu passo o dia na praia e ainda ganho uma grana", disse ela. Contei pra Maria da minha amizade com o Tomás e Maria me contou sobre a casa que ela tinha arrumado no começo da subida pro morro, "logo que passa a BR". Nesse mesmo dia, compramos umas cervejas no mercado e voltamos pra praia. Maria deslizava os dedos nas cordas do violão e eu acompanhava, internamente, dizendo pra mim mesmo que aquela garota tinha algo de muito especial.

Quis voltar ao *camping* antes que o quiosque abrisse, não queria dar a impressão de estar ali para encontrá-la, de fato eu não estava, acho que só fui buscar alguma tranquilidade, entender que tudo estava bem, entender que horizontes sempre se abririam e que é necessário, muitas vezes, se jogar feito maluco pra dentro deles.

Me ergui da praia e dei de cara com ela. Maria trazia o violão nas costas e algumas sacolas nas mãos.

— Que você tá fazendo aí? — ela questionou.

— Bom dia né, tava só tomando uma brisa matinal, que que é tudo isso aí?

— Coisas pra cozinha, me ajuda aqui vai.

Colocamos tudo pra dentro, ela perguntou como que eu tava, eu disse que tava bem, devolvi a pergunta, Maria, muita leve, disse que acordara "de bem com a natureza", e deu uma gargalhada lindamente sonora. Apaziguadora.

Maria perguntou se nos veríamos mais tarde, eu respondi que se ela quisesse, sim.

— Estamos apenas a alguns passos de distância — completei e nos despedimos com aquele beijo no rosto que, de tão tímido, torna as coisas ainda mais desajeitadas.

4.

— Maria? — perguntou o Tomás.

— É, porra, uma morena, cabelo curto todo avoaçado. Tá trampando ali no quiosque no canto da praia. Não reparou?

— Não vi, não, mas tu sabe que eu ando com a cabeça lá nos cafundós da lua, mas que tem ela?

— A garota é muito gente boa, tem um astral foda. Quer ser cantora, você precisa conhecer.

— Eita que eu já tô sentindo a paixão novamente pisar na tua cabeça, é isso mesmo?

Obviamente que o Tomás não perderia a chance de retomar minha queda por essas pequenas narrativas de amores praianos, ou quase amores, ou nem isso.

— Nada a ver, cara, tô só curtindo passar um tempo com ela, não quero mais problemas desse tipo, muito menos agora que as coisas deram uma apaziguada. Fora que eu nem sei como vai ser daqui pra frente.

— Tá falando do quê?

— Tô falando que você vai cair fora e isso me levou a pensar na vida aqui, o que ainda me segura, longe da família, amigos, essas coisas, mas tô levando naturalmente, talvez esses questionamentos sejam absolutamente normais.

— E pode crer que são, mas tu não deve deixar minha decisão te influenciar, passamos e estamos passando bons momentos por aqui e tu tem sido, em todo esse tempo que trampamos juntos, mais que

115

um amigo. Conseguimos nos apoiar um no outro e isso não tem preço não. Pensa teu caminho sem pressa, não há necessidade de precipitar, sente teu momento.

— Falou bonito agora — sacaneei —, mas você tem toda razão, vou levar o tempo que eu precisar, mesmo que quisesse acelerar as coisas acho que não seria possível.

Tomás continuou lavando a louça da pequena cozinha comunitária, era final de temporada mas o camping ainda tinha um movimento significativo. Voltei a varrer o chão, quando, do nada, ele soltou:

— Cacete, esqueci de te falar uma parada. Lembra do seu Agenor?

Eu nunca contei ao Tomás que tinha voltado naquele bar outra vez, aquilo tinha feito parte das minhas piras que tinham ficado somatizadas só pra mim, muito, acredito, por vergonha de atitudes que talvez eu não tenha conseguido controlar.

— Claro que lembro, que tem ele?

— Morreu, encontraram ele caído dentro do bar, as portas estavam fechadas, provavelmente tinha acabado de encerrar a noite, deve ter tido um ataque cardíaco ou coisa do tipo.

— Que merda — falei, eu tentava não demonstrar o quanto aquela notícia tinha me abalado.

Larguei a vassoura e sentei no chão.

— Tá tudo bem contigo? — Tomás perguntou.

Lembrei das lágrimas nos olhos do Seu Agenor, provavelmente tinha morrido por acúmulo de tristeza, de angústia, ele não parecia mais pertencer à esse mundo que vivemos agora.

— Deve ter caído minha pressão, não comi direito ainda hoje. Mas cara, que tristeza, parecia ter muito peso dentro dele, eu simpatizei de imediato com o velho, com ele e com o bar. Ele vai ser enterrado por aqui?

— Sei não, provavelmente sim — ele respondeu, talvez sem entender meu interesse naquilo.

Assim que encontrei Maria no final da tarde contei sobre o Seu Agenor. Dessa vez não omiti e falei, da minha forma (mas falei), sobre a outra vez que eu tinha estado lá. Me ouviu compenetrada, demonstrava uma atenção sobrenatural para uma história que, talvez, não lhe dissesse nada.

— E vai ter velório, essas coisas? Você vai?

— Não sei sobre o velório, mas por que você disse isso? Acha que eu tenho que ir?

— Não sei, mas você demonstrou ter ficado mexido, talvez devesse ir, nem que seja pra olhar de longe, acho que é importante. Uma amiga minha tinha uma teoria sobre velórios. Ela falava que era uma teoria para combater as pessoas que diziam não irem a velórios porque não gostariam de ter como última imagem daquela pessoa querida, a morte, o caixão. Ela dizia que tinha ouvido não sei onde, na real acho que era da cabeça dela, que no velório, a cada olhar que aquele corpo recebe, é como se ele se libertasse um pouco mais do plano terreno. Enfim, essa minha amiga não podia ser levada muito a sério — Maria riu.

— Que pira, hein, acho que não coloco muita fé nisso aí não. Mas, de qualquer forma, eu não sei de velório, se vai ter, nem onde vai ser, nem nada disso.

— Cara, olha o tamanho dessa cidade, não é difícil descobrir né. Sei lá, se você quiser podemos ir até a funerária. Não deve haver mais de uma, e com certeza lá vão saber. Posso ir com você, não tô fazendo nada mesmo, e você sabe do meu gosto por conversar, talvez depois de lá podemos tentar ir pra algum lugar menos sombrio, tipo um bar.

Maria me pegava num ponto estranho, demonstrava uma dedicação estranha, ou talvez apenas soasse estranha, por não ser comum. De algum forma eu não compreendia toda essa vontade de ajudar, de estar presente, mas gostava.

Muitas vezes, naqueles dias, quando eu colocava a cabeça no travesseiro eu chegava a duvidar da existência de Maria.

5.

Saímos da praia e passamos pelo *camping*. Tomás ouvia música sentado na cozinha.

— Essa é a Maria, Tomás.

— Pô, até que enfim, esse cara só fala de você.

— Prazer, ele também fala muito de você, parece que somos dois queridos — Maria disse e tornou a dar aquela gargalhada apaziguadora.

— E vocês tão indo pra onde? — quis saber o Tomás.

A Maria se apressou em responder que estávamos indo até a funerária saber do Agenor, não que eu fosse esconder alguma coisa, mas talvez a gente pudesse ter omitido, o Tomás acharia estranho.

— Pô — ele se virou pra mim —, tu ficou encasquetado com a morte do velho mesmo, hein?

— Ah, não é encasquetado, é um tipo especial de curiosidade, não sei se vocês me entendem.

— Tá me tirando? — questionou rapidamente a Maria — Eu entendo total, tanto que tô indo lá com você, isso é coisa de energia, eu saco isso.

O Tomás inesperadamente perguntou se podia nos acompanhar, também tinha ficado "especialmente curioso".

Perdemos um tempão nessa conversa no *camping*, mas como as pessoas não escolhem a hora da morte acabam obrigando as funerárias a trabalhar todas as ingratas vinte e quatro horas do dia. Quando finalmente achamos o lugar, avistamos apenas um senhor varrendo a calçada na frente da porta, vestia roupas bastante desgastadas, um chinelo de dedo quase sem sola, não me parecia, a princípio, funcionário do lugar, muito menos dono.

— O senhor trabalha aqui? — perguntei.

— É, mais ou menos, no momento não tem ninguém aí, então eu fico de olho lá dentro também, isso me vale mais algum desconto na dívida.

— Que dívida? — a Maria não pensou duas vezes em perguntar.

— Ah, nada demais, é que eu não tenho família, a aposentadoria só dá mesmo pra me manter vivo, e eu já tô com quase oitenta, tenho medo de não ter onde cair morto.

— Mas que dívida é essa? — o Tomás insistiu.

— Ah, a dívida. É que o dono aqui da funerária me vendeu um caixão, me vendeu não, por que eu ainda não paguei, eu tô pagando, essa é a dívida. Eu ajudo aqui, varro a calçada, e ele vai descontando um caixão pra quando eu morrer.

Todo mundo ficou meio atônito.

— Mas se você morrer, como vai saber que ele vai cumprir a promessa? — perguntei.

— Ele me deu a palavra dele, oras.

— Mas então o senhor vai trabalhar até morrer? — quis saber de novo.

— Certos sacrifícios precisam ser feitos não é mesmo? Vocês são jovens e talvez não entendam isso.

Nesse ponto, ele voltou a varrer a calçada, num movimento totalmente automático, um vai e vem constante, ao mesmo tempo que tomava conta dos caixões, dos quais um, com sorte, seria seu.

Quase esquecemos de perguntar pelo Seu Agenor. O velho não soube responder, disse apenas que tinha ouvido algo sobre o enterro ter sido naquela tarde. Saímos, os três, em silêncio, no caminho de volta.

Maria ergueu o dedo indicador pro garçom e pediu uma cerveja mais três doses de cachaça. Paramos num bar da avenida principal, era um bar quase vizinho ao bar do Seu Agenor, que agora tinha as portas abaixadas, e um bar de portas abaixadas não pode sinalizar nada além de luto e tristeza. O garçom voltou com as bebidas, e foi só depois de virar sua dose de cachaça que o Tomás abriu a boca.

— Puta história estranha, o velho não tem nenhuma garantia. Ele apenas confia.

— Me soa uma puta picaretagem — pontuou a Maria —, mas o velho se apega nisso, talvez seja bom pra ele.

As cervejas iam se acumulando na mesa, meu copo não parava cheio, meus olhos baixos, semicerrados, mas eu olhava pra nós três ali, a comunhão nos mais diversos assuntos, eu não tinha a menor vontade que aquilo acabasse, que a cerveja acabasse, que o papo acabasse, já era madrugada profunda, e continuamos sem calar a boca até quase o amanhecer.

— Repararam ali no bar do Agenor? — perguntei pros dois.

— Sim, tudo fechado, pensar que além do veio ter morrido, deixou um monte de órfão aí na cidade, esse bar ficava apinhado de gente — disse o Tomás.

— Eu não posso falar muito, mas tinha um bar no Rio que eu costumava frequentar e que fechou, era bem perto de casa, passava por ele todo dia, eu fiquei com uma sensação de vazio por muito tempo — disse Maria.

— Agora eu penso que deveria ter voltado no Agenor mais vezes — eu disse —, sinto que faltou tempo. Mas as coisas são assim, o tempo é assim, tem portas que se abrem e portas que se fecham — completei com a voz arrastada pelo álcool.

— Caralho — gritou a Maria completamente bêbada —, que frase mais tosca, portas abrem e fecham, claro, todas as portas são assim. A gente tá muito doido. Vamos embora, vai.

O Tomás reclamou da decisão, mas já não conseguia falar direito, de forma que imagino que ele apenas se resignou e levantou da mesa.

Me ofereci pra levar Maria em casa, já que o caminho que ela tinha que percorrer não era dos mais curtos, nem dos mais tranquilos. Ela disse que preferia ir pro *camping* já que dali a pouco, "não mais que um par de horas", ela teria que estar no quiosque, e dormir lá daria a ela mais alguns momentos de sono. Então fomos os três.

Tomás foi direto pros seus aposentos, meio cambaleante. Maria perguntou onde eu dormia, eu respondi que era em uma barraca, ela abriu os braços de forma impaciente, tinha os cabelos todos desgrenhados, olhos lindamente inebriados.

— Eu sei, mas qual?

Eu apontei e ela pulou lá pra dentro sem nem pestanejar.

— Você não vem, não?

Eu tava bêbado, embasbacado, parado em pé na frente da barraca.

Maria pegou no sono minutos depois.

6.

Acordei sozinho na barraca, Maria devia levar seus horários a sério. Fiquei deitado por mais um tempo, o corpo ainda pedia alguma trégua, a noite anterior tinha sido intensa em vários aspectos, me sobrava também alguma ressaca, mas me sobrava, além, um sentimento de uma das noites mais sinceras por aqui. Nunca vira o Tomás tão leve e a Maria me fazia pensar em sorte, em encontros verdadeiros, em reviravoltas. Mas, na real, eu pensava como era bom dividir a mesa, a vida, as histórias, e tantas outras coisas, com essas duas pessoas, que buscavam novos caminhos, novas formas de intervenção no seu próprio cotidiano, a inovação em meio ao marasmo. Anotei no caderno, dessa vez quase fazendo a função de um diário, sobre essa noite, como forma de não esquecer, não que eu fosse esquecer, mas não dá pra apostar todas as suas fichas numa única jogada.

Não vi o Tomás pelo *camping*. Vi alguns de seus livros empilhados na mesa da cozinha. Me arrastei até a praia, avistei Maria no quiosque e fui até lá.

— A donzela acordou? — Maria exibia um sorriso de quem parecia ter dormido tranquilas oito horas de sono antes do trabalho.

Ela não devia ter dormido nem duas.

— Foi foda levantar — disse eu —, nem te vi saindo. Como você tá?

— Com sono e ressaca, ou seja, sinal de coisa boa, resumindo, tô ótima e disposta.

— Você é de ferro, hein, garota. Aliás, viu o Tomás por aí? — perguntei.

— Ele saiu cedo, vi daqui, devia ser antes das nove, tava carregando uma caixa.

Eu disse que ele provavelmente estava tentando vender suas coisas mas que eu esperava que ele não vendesse também os livros. Ele era apegado naqueles livros.

— E hoje, o que faremos? — intimou Maria.

— Caramba, realmente é verdade que você não tá cansada. Mas sei lá, compramos algo pra beber e ficamos aqui na praia mesmo? — perguntei.

— Meu programa preferido — disse ela, que sorria, como já era óbvio.

Voltei ao *camping* e de novo não vi o Tomás, aproveitei o tempo fresco pra dar uma geral no gramado, era uma atividade que eu sempre pensava ser comparável à meditação, não necessitava de concentração, mas era como se ela viesse naturalmente. Tirei todos os lixos, agora realmente estávamos adentrando a baixa temporada e tudo voltava a ser bastante pacato. Os arredores da praia nunca chegavam a ficar completamente vazios, mas a diferença no movimento é tão extrema que a impressão que dá é a de se estar quase sozinho. Dei um jeito também na cozinha. Por instantes fixei os olhos na minha barraca, já estava bem avariada depois de um ano sendo usada ininterruptamente. Os caras constroem essas merdas pra serem montadas uma vez por ano, não pra se morar lá dentro. Olhei pra ela, vi os remendos nas hastes. Tinha um lado meu que já estava um pouco de saco cheio de viver numa barraca, foi o que eu percebi, paradão ali no gramado.

Lembrei do velho na frente da funerária, quanta leveza ele tinha que ter pra conseguir varrer, varrer e varrer, até simplesmente morrer, e ter um caixão decente. Tem horas que o pouco que nos resta pode ser transformado num belo embate entre o homem e sua própria vida.

Acabei de ajeitar as coisas, nada do Tomás, peguei um dos livros de cima da mesa e me sentei na frente do camping.

Esperava Maria.

7.

Caminhamos até o mercado, Maria me contou sobre o dia de trabalho: alguns gringos mal-educados, poucas gorjetas, algumas bolhas nos pés, mas salientava sempre que ia tudo bem, contava tudo com muito desprendimento, pra ela sempre tudo ia bem, era como se ela estivesse só de passagem, ou seja, tudo não seria igual pra sempre, logo, ela poderia suportar algumas coisas com mais força e bom humor. E nada disso era mentira. Quem coloca ponto final na vida são as próprias pessoas quando se entregam à algo fora da sua própria natureza.

— O que nós vamos beber hoje? — perguntou ela.

— Eu sei lá, meu estômago ainda tá meio revirado.

— Para de reclamar, que mimimi de estômago o quê, eu quero beber vinho!

Quem era eu pra discordar da ânsia alcoólica-otimista da Maria. Compramos duas garrafas de um vinho seco mais um saca-rolhas de dois reais, voltamos à praia.

— Conseguiu encontrar o Tomás? — questionou Maria.

— Encontrei nada, tá fora o dia todo, tô achando que ele não demora a ir embora, a parte boa é que eu acho que ele tá feliz com isso. Caminhos novos sempre motivam.

— É, sei como é, quando resolvi que era pra cá que eu viria fiquei dias sem dormir, mas era um sentimento legal, uma excitação pelo que estava por vir. Me sentia viva, e ainda tô me sentindo, que bom né — e riu sua característica risada, estávamos nos aproximando da praia. — Mas e você, todo discreto, ainda não me disse como veio parar aqui, o que você esconde nessa cabeça, hein?

Eu realmente tinha evitado contar pra Maria minha saga até o momento, principalmente porque eu não queria entedia-la com minhas aflições mesmo que essas aflições tivessem me transformado numa pessoa mais forte.

— Minha história aqui é cheia de altos e baixos.

— Só isso? Nem vem, a gente tem duas garrafas de vinho pra beber e a noite toda pela frente, vai falando.

Maria era dura na queda, diante dela eu não conseguia manter posturas que manteria facilmente com outras pessoas, como não falar sobre o que eu não queria. Normalmente eu conseguia manejar a conversa e levá-la para longe de pontos que não me interessavam. Mas com Maria eu é que era levado para os pontos preferidos dela.

— Eu vim parar aqui por uma paixonite adolescente fora de época, já que você quer saber. Tinha conhecido uma garota e meio que combinamos de passar uns tempos por aqui, no fim ela não apareceu e eu fui ficando. Não soube mais dela. Mas fui ficando, conhecendo pessoas, lugares, me apaixonando e me desiludindo. Nada fora do normal, sem graça, não daria um filme, acho que nem um curta metragem — falei olhando fixo para o breu que pairava sobre o mar.

— Quase um clichê — riu Maria e dessa vez eu também ri.

— Mas não foi fácil, não, o abandono sempre machuca, tira o chão, mesmo depois de você já ter certeza que aquilo não valia a pena.

— O abandono, a própria palavra, nunca vai deixar de ser triste — pontuou ela —, mas acho que o que vale é o que fazemos com esse abandono, no que transformamos ele — agora ela falou sério —, se tirarmos algo bom, ao invés de carregar o peso, ele serviu pra alguma coisa.

Dei mais um gole e passei a garrafa pra Maria.

— É, na verdade eu aprendi isso na prática, talvez com algum atraso, mas ainda a tempo de algum tipo de redenção.

— Redenção? Agora você deve estar exagerando, redenção é demais pra mim, vamos cair no mar, vai.

Maria não me deu tempo de responder, arrancou *shorts* e blusa, exibiu um biquíni todo preto que não combinava com sua personalidade. Correu para o mar. Maria ostentava um corpo forte, queimado de sol, e eu me perdi naquela cena, que poderia, facilmente, ser o epílogo disso tudo. Agora eu mal enxergava Maria, já era noite, só ouvia sua voz me chamando. Mergulhei naquele mar e foi ali, na escuridão bêbada de vinho, que trepamos pela primeira e última vez.

8.

Com a partida iminente do Tomás a questão que voltava pra mim — e não podia ser diferente — era como eu conseguiria grana dali pra frente. Obviamente que com o trabalho no *camping* eu nunca tinha conseguido guardar algum dinheiro, fazer poupança, esse tipo de coisa. Tudo que eu ganhava, e claro que era pouco, ia em diversão, que pode ser lida como cerveja, maconha, demais vadiagens em geral, e comida (muitas vezes acabávamos convidados para comer pelo pessoal acampado, o que amenizava os gastos). Lidar novamente com essa questão deixou meu humor caído em alguma profundeza, mas imediatamente, quase uma defesa natural, eu tentava rememorar a noite passada com Maria. Ao mesmo tempo, também me voltava seu comportamento um pouco distante na hora que nos despedimos. Senti que nossa proximidade física, sexual, tinha causado nela algum efeito colateral negativo, a princípio indecifrável, talvez alguma memória que devia estar escondida bem distante da consciência aparente e racional.

Na noite anterior quando finalmente rompeu o silêncio, já na areia, Maria me contou sobre a história de uma garota que ela havia visto uma única vez na vida, num bar, e na qual nem tinha prestado muita atenção. Lembrou da garota apenas quando viu sua foto na internet, menos de um mês depois.

— E tava dizendo lá que ela tava desaparecida, que os pais estavam desesperados por notícia, e esse tipo de coisa que postam no Facebook e a gente não dá muita bola. Mas essa eu guardei o rosto, ela chamava a atenção, e tenho certeza que era a garota que eu tinha visto, isso ainda no Rio, antes de eu vir pra cá, os pais dela, pelo que eu entendi, são de São Paulo. Mas não consegui ter certeza quanto às datas, se eu tinha visto ela no bar antes ou depois de ser dada como desaparecida.

Antes de tentar entrar na história eu não conseguia entender como ou porquê aquele relato vinha no final daquela noite tão movimentada, em tantos outros aspectos. Foi como se alguma coisa, ali na praia, tivesse feito Maria entender algo que estava dentro da sua própria cabeça, algo que, provavelmente, já estava lá num momento anterior.

— Mas e depois — mesmo um pouco contrariado eu perguntei —, você teve alguma notícia se ela foi encontrada?

— Acompanhei os posts dos pais por um tempo — disse Maria —, depois foram parando, parecia que eles tinham desistido, ou perdido a esperança, só via mensagens de consolo, deduzi que ela nunca tinha voltado. Como as pessoas podem não voltar, entende? Talvez algo de muito ruim tenha acontecido, mas do contrário, porque ela não voltaria? Lembrei até do que você me contou sobre a tal da Eva, será que ela já voltou pra casa?

O questionamento de Maria me pegou totalmente desprevenido. Foi nesse momento que ela assumiu um ar bastante distante, como se continuasse pensando no porquê as pessoas sumiam, o porquê algumas iam e nunca mais voltavam. Tentei ignorar a menção à Eva, tentei ignorar inclusive que a garota da qual ela falava poderia, tranquilamente, ser a própria Eva.

— Todo mundo — eu disse —, inclusive você e eu, a gente sempre tem alguém que está nos esperando, mesmo que a gente não saiba, algum lugar pra voltar, pelo menos é assim que eu tento imaginar, ou é assim que eu aprendi a imaginar.

— Você tá sendo bem otimista, não conhecia esse seu lado ainda, tem gente por aí que não tem ninguém, muito menos pra onde ir — disse ela, bastante soturna pro jeito Maria de ser.

— Eu ainda não conhecia esse seu lado meio sombrio — disse eu.

Maria me lançou olhos tristes, baixos, disse que tinha que ir embora, nos levantamos, ela me deu um abraço rápido, disse "até amanhã" e foi. Acho que não ouviu, ou talvez tenha fingido não ouvir quando eu disse se ela não queria que eu a acompanhasse até em casa.

Diante desses desdobramentos todos, era difícil voltar numa questão material, sobre como conseguir dinheiro, ou melhor, como fazer isso sem que todas as outras relações da vida ficassem de alguma forma prejudicadas. Era começo de outono. Voltei nas palavras de Maria, na garota desaparecida, em tudo que não parava de acontecer, em como o tempo corria solto naquela beira de praia, em como as coisas mudavam rápido, se alternavam de uma forma que era quase enlouquecedor tentar acompanhar; ao mesmo tempo, éramos sempre obrigados a seguir em frente para, de alguma forma, não sermos atacados estando desprevenidos.

Tem horas que a vida te põe sentado no sofá da sala e te obriga a ficar olhando pro centro da tormenta.

9.

Era um portão simples, pequeno, mal conservado. Gritei por Maria umas três vezes. Pelo menos duas pessoas da vizinhança ergueram os ouvidos, me olharam com olhos bastante tortos que provavelmente queriam dizer, ou questionar, quem eu era, da onde eu vinha, o que eu fazia ali, ou com quem eu queria falar. Gritei uma quarta vez, Maria saiu com uma camiseta longa que provavelmente nunca havia sido dela, Violeta Parra estampada em branco em cima de um preto totalmente desbotado. "Eu gosto de cantar", lembrei dela dizer.

— Que você tá fazendo parado aí? É só entrar, o portão não fecha não.

Maria terminou a frase meio bufando, pelo jeito, pra ela, parecia óbvio que eu deveria ter entrado sem antes me esgoelar lá fora e chamar a atenção de todos os vizinhos.

— Não tô acostumado a invadir a casa das pessoas — me defendi.

— Você sempre foi tão discreto assim? Caralho, sai desse personagem bonzinho, eu tô acordando, e pelo menos agora, dez da manhã, acho que a gente pode andar do lado errado. Se liga aí na água do café que eu vou mijar.

Nunca tinha visto Maria daquela forma, totalmente à vontade, acordando na própria casa, acordando dentro da própria forma de ser, acordando fora da fôrma que eu via sempre, na porta do quiosque, na porta da obrigação. As coisas aconteciam de outra maneira nas pequenezas de uma casa simples "pra lá da BR".

— Cara, cê não sabe, eu fiz uma tatuagem ontem — gritou Maria do banheiro —, tava num lugar cheio de turistas, apareceu um cara e ofereceu, admito que tava bem loucona, tô olhando aqui agora, até que não é mal feita.

Confesso que eu cheguei lá de forma tão apaticamente natural, ainda com algum sono, que eu tava ficando bem confuso com a animação matinal da Maria, mesmo que misturada com alguma rabugice. O que me mantinha ali era simplesmente o encanto. Cada palavra dela me encantava como um novo e significativo acontecimento pertencente ao universo. Era pouco, pra mim era muito.

— Mas que tatuagem é essa? O que você desenhou? — foi o que consegui perguntar enquanto derramava a água do café no coador, ainda bastante devagar diante da realidade de uma manhã de domingo.

— Cara, olhando aqui agora me parece uma tentativa de desenhar o mar, e claro, lembrei que foi isso que eu pedi. Me tatua o mar. O cara ensaiou uma tentativa de desculpa de que era muito difícil e tal, eu tava breaca. Insisti. Ele tentou — aí ela abriu a porta do banheiro —, se liga.

Maria mostrou a parte de trás do braço, não seria possível desenhar o mar naquele espaço tão pequeno. Mas de fato, era o mar, ou uma tentativa de projetar o mar de uma forma meio dadaísta.

— Pô, gostei, dentro das possibilidades de uma tatuagem na noite dessa cidade — ri, meio forçado, mas ela também riu, natural.

— Você não esqueceu que eu canto, né? — de alguma forma Maria passou por cima do assunto tatuagem.

— Claro que não, sua camiseta também não me deixaria esquecer, mas como você nunca disse mais nada, preferi ficar quieto. Te confesso que nas minhas noites você já cantou muito — não aguentei, porque de fato eu não aguentava mais, de novo, Maria era como se não existisse, logo, eu poderia falar o que passasse pela minha cabeça, sem medo.

— O que eu cantava? — ela perguntou parecendo ignorar totalmente a totalidade do que eu tinha dito.

— Não sei, você só cantava, mas era lindo pra caralho.

— Mas você não lembra se era algo específico? Poxa, que desfeita. Eu tenho umas letras — disse, mostrando alguma timidez pela primeira vez, mas super afim do violão que já tomava os seus braços. — Eu costumo cantar pelas manhãs — ela completou. E, finalmente, Maria cantou pra mim.

A letra dizia sobre uma garota que não aguentou a pressão, mas não era uma pressão específica, ficava nas entrelinhas, de forma que tudo se confundia, tudo sumia, a garota sumia, de uma forma que minha cabeça se perdia na voz de Maria, uma voz de sono, de antes do meio dia. E eu pensava, ao mesmo tempo, o que poderia ser mais bonito do que a voz de Maria numa bonita manhã de céu azul. Maria, de tatuagem inesperada, de um quintal com sol "para além da BR", de um café recém coado. Cantava sobre ela própria, mesmo que não fosse.

Recostamos num colchão velho e Maria continuou a cantar e eu já não sabia sobre prioridades, continuações ou sequer sobre os velhos e carcomidos dias de domingo.

10.

Passamos boa parte daquela tarde na mesma posição, e Maria, finalmente, me mostrava suas canções, talvez seu quinhão mais íntimo. Uma coisa me chamou atenção em todas as canções: elas possuíam narrativas, contavam histórias, tinham personagens, criavam uma paisagem. O refrão não existia, era como se as coisas não pudessem voltar a um mesmo lugar, se repetir, mas seguiam em frente sempre construindo algo novo. Comentei isso com ela, que riu, disse que eu tava exagerando, que ela só escrevia, sem pensar muito, mas que gostava de se sentir como uma deusa, déspota, na construção das relações entre os seus quase-personagens musicais.

— A música vem depois, não consigo pensar na música se não tenho a história, seria como inverter um princípio básico, pelo menos pra mim, mas chega de violão e desse papo frouxo, já são três da tarde, eu tô com fome, e não tem nada pra comer aqui.

— Podemos ir pra praia, talvez cozinhar algo no *camping*, tava precisando encontrar o Tomás mesmo — disse eu.

— Eu topo — Maria concordou, pegou algumas roupas e foi para o banheiro se trocar.

Depois da nossa noite na praia, algo realmente tinha mudado, Maria me tratava bem, a questão não era essa, mas qualquer espaço que ela tivesse me dado, como de fato aconteceu naquele dia, agora ela havia fechado, concretado, fundido a ferro essa abertura, era uma coisa sintética, pequena, mas notável. Ao mesmo tempo, por outro lado, ela se abria, suas músicas eram impressões extremamente íntimas. Eu não fazia ideia do porquê dessas variações emocionais, ao mesmo tempo não passava pela minha cabeça inaugurar qualquer assunto que fosse nesse sentido, pra mim tava tudo bem, mesmo que não tivesse, Maria com certeza tinha os motivos dela e eu não interferiria. Interferir diretamente nesse tipo de coisa é meio que querer frear um ônibus desgovernado numa ladeira, ou querer mudar o curso das águas, ou qualquer coisa assim. Nesses momentos, há que se confiar na imprevisibilidade da falta de freio, e manter os olhos bem abertos.

Maria saiu do banheiro com a mochila nas costas, óculos escuros.

— Bora? — disse ela.

Concordei com a cabeça, meio no automático.

— Que foi? — ela quis saber.

— Nada, só tava aqui meio longe nos pensamentos, mas vamos lá — eu disse.

Nesse momento Maria deu uma parada, parecia ter lembrado de algo.

— De alguma forma eu queria te agradecer.

— Pelo quê? — perguntei um pouco ansioso.

— Você tem sido um companheiro bacana. Você tem um jeito honesto, ou melhor, um comportamento honesto, você sabe enxergar as pessoas, onde avançar e onde recuar — ela disse.

— Caralho, que complexo, para com isso, de novo, é domingo. Maria riu.

— É sério, cara, você devia se orgulhar, isso faz parte da minha busca também, e isso explica muito da forma como eu ajo com as pessoas. Mas enfim, esse dia é realmente um dia complicado, vamos nessa que meu estômago tá possesso de fome.

Maria foi saindo da casa, as fechaduras não funcionavam, o portão nem trinca tinha, nada mais sintomático que uma casa sem amarras, comecei a desconfiar que Maria tinha invadido aquele lugar, mas isso também não faria a menor diferença.

Caminhamos.

O Tomás estava sentado na areia trocando ideia com um dos garçons do quiosque da frente.

— Até que enfim, pô, vocês sumiram — ele foi dizendo.

— Nós? Você que saiu sem dizer nada, largou os livros todos em cima da mesa, o que tá aprontando? — disse eu.

— Fui atrás de vender umas coisas, e tenho novidades, consegui a grana, vendi uma parte das ferramentas, o cortador de grama, que mesmo quebrado os caras pagaram alguma coisa, e uma cadeira, vendi uma cadeira, vocês acreditam nisso? A pessoa comprou uma cadeira, só uma, quem compra uma única cadeira? E agora, declaro aqui diante de vocês dois que é oficial, tô indo embora dessa cidade linda que tanto me acolheu, mas é a hora.

Ouvir aquilo não foi exatamente fácil, meus olhos marejaram, acho que ninguém percebeu, mesmo que as lágrimas não viessem exatamente da tristeza, afinal nem tinha como ficar triste, o Tomás demonstrava pura alegria, seus olhos brilhavam mirando as novidades.

— Aeeee, parabéns, Tomás! E, claro, boa sorte. Mas cadê as bebidas, porra? — soltou a Maria.

Eu dei uma engolida em seco na história toda, me refiz.

— Porra, camarada, não vou negar um aperto aqui dentro, mas te desejo toda sorte do mundo. E os livros, qual vai ser, por que tão lá em cima?

— Os livros vão ficar, não tenho como levar comigo, quero estar leve, aquela história de poder carregar com facilidade tudo que eu tiver. E outra, alguém, um dia, vai chegar aqui e talvez aproveite esses escritos, você também, pode pegar o que quiser lá. Pensei até em montar uma banca de doação aqui na praia, talvez eu faça isso — disse ele.

— E você vai quando? — eu perguntei, tenso com a resposta.

— Em três semanas — e já emendou —, a Maria tem razão, cadê as bebidas? Eu quero celebrar, é o fim de um ciclo e todo um recomeço, esse frio na barriga é a porra de uma droga poderosíssima — Tomás estava exultante.

Nessa noite, na verdade já quase pela manhã, dormimos todos na praia, logo após combinarmos uma festa de despedida no *camping*, e logo após eu ter tentado beijar Maria — a animação traiçoeira da felicidade alcoólica —, e ter sido firme, mas, delicadamente, rejeitado.

11.

Duas semanas escorreram rapidamente, levadas, talvez, pela cheia da maré. Parece que o tempo é um tirador de sarro, um fanfarrão que percebe exatamente o que queremos dele, e daí faz tudo ao contrário. O que é bom vai sempre passar mais rápido do que as coisas ruins. Agora era apenas uma semana que faltava para a despedida do Tomás, e desde seu anúncio oficial eu só desejei que o tempo não corresse, que o tempo fosse leve para que pudesse extrair o máximo do momento, acho que na verdade para que eu pudesse usar esse tempo para fazer o tal do balanço, o tempo necessário para o fechamento real de uma história

Organizamos um churrasco de despedida para dali alguns dias, seria o último feriado antes do inverno, provavelmente teríamos um número razoável de pessoas acampadas e isso deixava o Tomás animado. Já tínhamos conseguido comprar uma boa quantidade de bebidas, na verdade elas quase inutilizavam a pequena cozinha. Maria apareceu, ao final do expediente, para me ajudar a organizar algumas coisas. Nas últimas duas semanas, a gente quase não tinha se falado, eram conversas apenas protocolares, e era estranho, eu percebia que Maria não tava puta comigo, era só uma apatia, talvez uma tristeza, mas que contrastava demais com o jeito dela.

— O que você tem? — perguntei, porque aquela falta de energia dela me doía de um jeito que eu não tinha ideia de como explicar.

— Por quê? Me sinto ótima, animada com esse churrascão — disse ela, e mal conseguiu forçar a risada.

— Você nem consegue disfarçar mais, diz aí, o que tá pegando? A expressão no rosto de Maria se contraiu quase em câmera lenta, pude ver a pele se dobrando aos poucos, formando vincos.

— Você quer mesmo falar disso?

— Eu sei lá, só não consigo te ver assim, desde que você chegou por aqui as coisas mudaram, pra mim, ao menos, e posso dizer que elas ficaram muito mais alegres, enfim, não posso te ver desse jeito. E, na real, você já tinha mudado antes, assumiu um jeito mais distante, como se algo tivesse realmente se transformado num curto espaço de tempo — resolvi finalmente colocar as questões pra fora, tentar parar o tal caminhão sem freio, eu já nem tinha muito mais a perder, era tudo tão incerto naquele momento que aquela dose de verdade acabou me fazendo bem.

— Pô, cara, você vai realmente insistir nisso? Por isso que eu não me envolvo, saca? Essa problematização toda me dá uma puta confusão na cabeça, eu sou assim, eu me aproximo e me afasto, é o meu corpo, é o meu jeito, mas forçada é que eu nunca vou descobrir o real motivo. Eu fiquei sempre mais perto de você porque sentia uma coisa diferente, uma honestidade, como eu já disse antes. Ainda sinto. Então, eu só peço pra você não se apegar, não problematizar, logo eu tô melhor, pode ter certeza. Eu gosto de você, pra caralho, acho que você nem imagina, mas eu tô só de passagem na tua vida. E de alguma forma, você na minha — conforme Maria falava a expressão do rosto dela se descontraía, de novo em câmera lenta, como se cada palavra tirasse um peso de sobre as dobras da pele.

Não posso dizer que cheguei a me assustar com aquela resposta, ela era clara, e principalmente, ela era totalmente condizente com a Maria que eu tinha conhecido no começo, visceral, de alguma forma apaixonada pelo que quer que fosse, e ver ela de volta, mesmo diante daquelas palavras, me concedeu algum tipo de alívio.

— Tudo bem, entendi seu ponto, de verdade. Eu só andava meio angustiado em te ver desse jeito, meio alheia. Foi mal, de alguma forma essa conversa precisava existir. E no fim das contas tudo é meio de passagem, não é?

— Talvez, deixa isso pra lá, vamos focar em organizar essas bebidas pra ter a cozinha de volta — Maria já tinha um sorriso no rosto —, essa festa vai ser o máximo!

Tornou a se virar para continuar o que fazia, mas logo voltou, avançou na minha direção com um abraço forte, longo, senti sua respiração arfando quente no meu pescoço. Era como se ela fosse detentora de alguma verdade, uma verdade sobre a qual ela não queria mais saber, nem mais falar, nem mais sentir, mas algo do qual ela não podia se livrar.

12.

No dia do churrasco, o Tomás organizou uma espécie de bazar de doações na frente do *camping*, tinha desde apetrechos de cozinha até os livros. Os livros se foram rapidinho, acho que não era nem dez da manhã, as pessoas gostam de ter livros, se vão lê-los ou não é outra história, mas o bazar serviu para eu relembrar uma pessoa dos meus primeiros dias nesse lugar, parado na banquinha, de olho nas literaturas expostas. Era o russão que eu conheci há mais de ano atrás e nunca mais tinha visto, achei que ele tivesse se mudado, voltado pra Rússia ou ido pra mais longe ainda, mas pelo jeito não, ele continuava por aqui, com a mesma cara perdida de quem tá muito longe de casa. A transitoriedade nessa cidade é tão alta que, quando você dá falta de uma pessoa, imediatamente imagina que ela tenha partido pra outro lugar. Aqui é quase impossível não cruzar com as pessoas na rua, a cidade é estreita, a maior parte das pessoas trabalham no centro, mas o russo eu vi uma única vez, talvez ele seja caseiro, família, que bebe suas vodcas dentro de casa, solitário, quietinho. Não sei do que aquele cara sobrevivia, incógnita total. Na minha discrição habitual, algo covarde, eu não me aproximei dele, comecei a reparar para quais livros ele olhava. Ele não seguia uma lógica, o russo, olhava para todos os livros como se buscasse algum tipo de compreensão, provavelmente ele não tinha avançado muito no português. Abaixei a cabeça sabe-se lá deus por quanto tempo, talvez não muito, e o russão sumiu de novo, assim como apareceu, como tinha aparecido na beira da praia naquele dia que de tão longínquo já ficava até meio embaçado na minha memória.

Maria tinha chegado bem cedo e o Tomás continuava numa empolgação que eu poderia julgar que ele não ficava sóbrio há pelo menos uma semana. O feriado realmente acabou trazendo um número considerável de pessoas para o *camping*, passamos anunciando o churrasco de barraca em barraca. A galera que sai de casa num feriadão e vem pra esse tipo de lugar, vem em busca de uma proximidade que, talvez, eles não tenham em comum nem com os amigos mais longevos, uma proximidade meio ancestral, de dividir a simplicidade, aí você propõe uma coletividade, que é mínima, mas vai todo mundo se unindo como se a realidade tivesse se alterado, provavelmente eles estão apenas a algumas centenas de quilômetros de suas casas, mas o suficiente para haver uma transformação, uma percepção diferente dos encontros, pena que essa mudança costuma ter data de validade.

— Vamos pôr fogo nessa joça ou não? — Maria tava frenética, sorrisão de canto a canto.

O churrasco começou, as pessoas foram se aproximando, aos poucos, naquela timidez meio respeitosa que em pouco tempo era transcendida por outro tipo de comportamento, muito mais divertido. E o que era um churrasco acabou virando quase uma multidão de pessoas, praia e *camping* já quase se confundiam.

— E aí, Tomás, tá bem, cara? — não segurei a risada, ele quase se arrastava, pelo menos era a trilha da felicidade que ele parecia cursar.

— Vai se foder, por que você ainda não tá bêbado? — perguntou ele.

— Tô quase lá, tava me resguardando um pouco. Mas tava pensando, estar 'quase lá' é uma questão 'quase' filosófica, você não acha?

— Porra, aí tu tá provocando a minha breaquice, eu sei lá, a única filosofia pra mim, hoje, tá aqui na mente.

— E pra onde você vai, Tomás? — perguntei.

— Mas tu não quer deixar minha loucura em paz, né? Eu só sei que vou pegar o ônibus e cair nessa BR, é ela quem dá os caminhos. E daí pra frente eu já tô no lucro, mas tenho umas coisas em mente, e tu não se preocupe que não sou como tuas namorada que somem, eu dou notícias — o Tomás bêbado era mais provocativo que o sóbrio —, mas falando em namorada, aliás, e a Maria, como tá esse rolê? — perguntou, enrolando as palavras, ao mesmo tempo que apontava pra ela.

Maria comandava a churrasqueira com destreza sem igual.

— Ah, Tomás, nem eu sei, Maria é coisa de outro mundo. Daquelas pessoas que meio que aparecem só pra te dar um norte, te mostrar o norte, mas ela não vai te levar até a porra do norte, entende? E eu fico arrepiado só de pensar nela, já é uma sensação do caralho, mesmo que incompleta.

— Tu tá profundo e melancólico hoje, hein, tô falando, você precisa ficar bêbado, e rápido, tua sobriedade tá perigosa. Mas falando sério, é uma garota diferente mesmo, olha lá a integração dela, é como se ela sempre tivesse estado aqui — disse o Tomás e novamente apontou pra Maria, que agora conversava com uma dúzia de pessoas desconhecidas.

A festa foi se arrastando até muito tarde, pessoas extravasaram, se apaixonaram, se odiaram, Tomás, Maria e eu, depois de certo ponto, provavelmente depois de perder o controle da situação, ficamos os três sentados na grama, acho que foi como uma pré-despedida em silêncio, todo mundo estava bêbado demais pra conseguir se despedir da forma convencional. A ressaca ia ser enorme e a falta que o Tomás ia fazer também. Agora a situação já não era hipotética ou futurística, ele estava indo embora, e eu precisava voltar a pensar em coisas práticas. Ou não tão práticas. Mas na verdade eu só conseguia pensar em como seria, ou quando seria, ou como era triste, vazio, imaginar, talvez, que estamos vendo uma pessoa pela última vez.

Tudo é muito grande para a tal da "última vez".

13.

Um dia, e já nem me importa qual, eu estava colocando umas ideias no caderno e, como sempre, eram anotações desprovidas de qualquer interesse maior ou de qualquer profundidade, eu não queria ser escritor nem nada, mas um dia, desses que a gente vivia ali, entre uma maré e outra, Maria disse que eu tava "bancando o poeta" jogado ali escrevendo qualquer merda. De forma ridícula eu não soube como levar aquilo numa boa, devo ter ficado *rojo*, sem graça, Maria despertava em mim uma espécie de timidez infantil. "Você é incrível" ou "eu seria poeta pra falar do nosso amor", acredite ou não eu pensei nesse tipo de barbaridade, graças aos céus nada disso foi verbalizado, mas escrevi no caderno, acho que pra poder, com justiça, me autorridicularizar num tempo futuro. Os cabelos de Maria, meio descoloridos, revoltos, sua vida atribulada e que batia fortemente de frente com a minha. Tudo isso me dava um sentimento desconhecido, difícil de captar, Maria me livrava das coisas sem importância, me livrava desse bate pronto do que poderia ser um relacionamento esquisito. Não adiantava pensar nos bares como se fossem velhos hospitais psiquiátricos, não era ali que a gente aconteceria de novo, nem em casa, tem coisas que simplesmente não se resolvem. Hoje, enquanto dormia, encontrei Maria no meio da rua, ela respeitava a faixa de pedestres, fingindo ser normal, fingindo que sua agressividade era controlada. Uma autoagressividade, que, na verdade, era um grande monstro, talvez incógnito, mas não menos tenebroso. Pra Maria, fingir que ele não existia, podia ser engraçado. Fingir era como dançar numa festa que prometia música, mas que só entregou confusão, um pouco de sangue, e a vida, que ficou, que passou, numa campainha que nunca foi atendida.

Escrever salva alguém de alguma coisa?

Que me salvasse, então, o inconsciente, de que nada é absolutamente bom e positivo. Que me salvasse a porra do cotidiano, que, a longo prazo, não faz sentido algum, pra ninguém. E que me salvasse, também, das coisas assustadoras que perambulam na minha cabeça enquanto eu finjo repousar diante da imensidão de um mar escuro, claro, verde ou azul.

E os diálogos, pra mim, nunca tinham sido claros, e nunca seriam, diálogos mal feitos eram como uma visita indesejada, e, na verdade, tudo se mostrava dessa mesma forma, do indesejado, a forma do não-desejo.

Segui com o caderno, Maria me olhava.

Instantaneamente éramos como uma coisa só.

Uma coisa só que nunca seríamos.

14.

Se eu já não tivesse voltado a fumar esse teria sido o momento. O Tomás finalmente foi. Cogitou tentar uma carona na BR, mas nós o convencemos a pegar um ônibus, pra qualquer lugar mais a frente, ele ainda não sabia direito qual seria a primeira parada, e para além disso ele merecia algum conforto. Fomos até a rodoviária, Tomás, Maria e eu. Comemos pão com manteiga, junto com um café com leite meio frio num dos pequenos quiosques que havia por ali. Não é que a felicidade do Tomás havia passado, mas com certeza a empolgação inicial agora dava lugar a alguma outra sensação, mais real. Na verdade, esses sentimentos são dois momentos da mesma coisa, tanto do medo, como da fascinação diante do novo, da novidade.

— Tá pronto? — Maria perguntou pra ele.

— Sim, ou quase pronto, sentimento estranho. Eu gosto daqui, talvez eu volte, acho que com certeza ainda volto pra cá — disse o Tomás.

Ele mantinha uma expressão bastante tranquila no rosto, como se aquilo fosse algo fundamental, inadiável, que ele tinha que fazer. A inevitabilidade de partir.

— Tomás, meu *brother*, talvez todos nós nos reencontremos aqui um dia. O mundo tá todo ligado, a gente não fica mais perdido pra sempre, não — eu disse.

— Será? Eu só sei que já valeu a pena encontrar vocês, independente do que vier pela frente. Cuidem-se vocês dois, foi massa, foi tudo muito bom, de verdade. Talvez eu vá lá para o norte, me agrada a ideia.

O Tomás olhava bem dentro dos nossos olhos quando falava. Talvez isso fosse o que eu me lembraria como sua característica mais marcante. O ônibus que ele pegaria apontou na rua.

— Antes que eu tenha que subir nesse carrão aí, eu vou deixar uma lembrança pra vocês dois — Tomás tirou a mochila das costa, se abaixou, e lá de dentro me entregou um pequeno quadradinho de papel alumínio.

— Tem uma cartelinha aí com cinco doces, ou LSD, ou ácido, ou fonte de alegria, ou como vocês preferirem, dividam e divirtam-se. Não usem tudo de uma vez. Tinham seis, mas um já tá aqui ó — ele disse apontando pra própria cabeça.

E então ele foi, numa brisa lisérgica, de sorriso no rosto, deixando um belo presente de despedida e sem olhar pra trás, sequer pela janela.

Maria tentou disfarçar mas já não podia esconder algumas lágrimas.

— Eu não convivi tanto com ele, você sabe, mas é como se o tempo tivesse ficado em suspenso, e parece uma vida que eu tô aqui, que eu conheci vocês, que me senti acolhida — ela disse.

— Eu sei — tentei aliviar a situação dela e a minha —, acho que esse presente do Tomás, como tudo isso aqui que tá rolando, veio na hora certa — apontei para o pequeno quadrado enrolado no papel alumínio —, o que acha?

— Agora? — perguntou ela.

De fato, não era nem dez da manhã. Abri os braços como que perguntando se ela realmente estava preocupada com isso.

— Calma, era um questionamento retórico — enxugou as lágrimas —, tô dentro, o dia tá perfeito pra uma viagem, mesmo que seja uma viagem pra dentro e mesmo que o Tomás não possa estar conosco — e riu, ainda meio soluçando.

Maria tinha voltado a rir como no começo.

Eu tinha combinado com o Tomás de sair do *camping* no máximo em dois dias, para não ter perigo de alguém chegar e eu ainda estar lá, o que provavelmente não seria bom pra ninguém. Antes de embarcar na nossa ansiosa viagem, interior e expansiva, talvez cheia de cores, combinei com Maria que ela me ajudaria a juntar todas as minhas coisas espalhadas naquele lugar. Mas isso seria depois, bem depois que o agradável e brisante vento-sul abandonasse nossas cabeças. E bem depois de Maria dizer que eu poderia morar por um tempo na casa dela, se eu quisesse.

E eu quis.

15.

Nossa viagem lisérgica foi leve, mesmo que densa em alguns momentos, especificamente naquele ponto, ápice, onde você não sabe se quer sair correndo, se enterrar na areia, nadar até a África, ou apenas ficar sentado e sorrindo. Tínhamos ido para a praia na frente do *camping*, mas no auge da piração, nesse momento de semiangústia de não saber o que fazer estando em outra dimensão, perguntei pra Maria se ela não queria pegar um circular pra outro lugar, mudar a paisagem, e obviamente que ela não negou, como não negava quase nada. Maria dizia o tempo todo que as cores não eram mais as cores, que as cores tinham se fundido e criado outras cores, mais nítidas, e eu conseguia ver exatamente o que Maria falava. Foi nessa condição que pegamos um circular para uma praia que ficava vinte quilômetros ao sul, seguindo pela BR, uma praia que não conhecíamos.

Era uma terça-feira, começo de um inverno ainda quente, a praia completamente vazia. A areia era muito clara, parecia refletir o mormaço. O mar não era verde, era como Maria insistia, uma junção de cores. Talvez o verde, o azul e mais alguma coisa. As ondas eram quase tubulares, apesar de quebrarem quase nunca. Maria esticada na areia mirando o céu fixamente, a boca num sorriso que parecia eterno.

— Caralho, era tudo que eu precisava, um lugar desse, totalmente vazio, assistir esse marzão dando espetáculo, eu pararia esse momento e talvez vivesse aqui pra sempre — ela disse.

Eu estava encostado numa árvore e sentia muito pouco do meu corpo.

— O LSD deixa o tempo lento, né? É quase como se a gente vivesse por anos inteiros dentro de um único momento — eu disse.

— O Tomás não podia ter pensado num presente melhor de despedida. Ele foi, mas continua aqui com a gente. Nos deixou integrados com a natureza — Maria falou e sorriu, naquele momento já não havia motivos para não sorrir.

Então fomos dar um mergulho e a viagem recomeçou por um outro viés, circular, de força, de água, cada onda era uma diversão diferente, e elas eram variadas, diferentes desenhos, cores, tamanhos, formatos e caldos, ficamos lá dentro, uma imensidão de tudo e de tempo.

Então, de repente, tudo foi baixando e o mundo real veio se esgueirando de volta, não como se chutasse a porra da porta, mas como se espreitasse o que se passava por ali. O Tomás realmente tinha ido embora. Maria já parecia cansada, encostava a cabeça no meu ombro, calada. Pegamos o ônibus de volta, estávamos sujos, os corpos cobertos pelos resquícios de areia e sal, era o fim da tarde, o vento ficou frio, o céu cinza, e as cores, agora, refletiam apenas ausência.

Maria perguntou se podia ir pro *camping* comigo. Não queria ficar sozinha. Foi como se ela tivesse entrado na minha cabeça e percebido (porque o orgulho me impedia de dizer) que quem não queria ficar sozinho era eu. Como se quiséssemos prolongar aquela viagem do dia, trazer ela para o interior da noite, num sentimento mútuo, mas que era impossível de ser concretizado como ele merecia, era da vida e não havia porquê lutar contra.

Dormimos pela última vez dentro da pequena barraca, naquele grande terreno, que agora já não era mais nada, mas que sempre carregaria as marcas de um tempo vivo, de tudo que acontecera ali.

Mesmo que ele sumisse, mesmo que virasse outra coisa.

16.

De costas para o mar eu fechei para sempre (ao menos um para sempre momentâneo) a porteira daquele terreno. Peguei minha mochila, Maria me ajudou com algumas sacolas. Olhamos a praia.

— Vamos sentar um pouco na areia? — ela sugeriu.

Assenti com a cabeça e fomos em direção ao mar. Ficamos alguns minutos calados. Sentir a presença de Maria ao meu lado teve um efeito tranquilizador, mesmo que toda aquela merda não valesse a pena, que fosse temporária, que tivesse que encarar zumbis e outros monstros, que o discurso não fosse condizente à nossa realidade. Que o discurso ficasse ali, que fosse de vitória, ou que sequer falasse sobre derrotas. Era uma manhã bonita e tudo que eu podia pedir estava naquela areia, na parada mais natural possível, e foi quando eu descobri que nada podia se sobrepor àquilo, que nada podia chegar e maltratar aquele momento. Não tinham armas, ou pedaços de pau, tacos de *baseball*, sequer a porra da vaidade; eu estava ali, a gente estava ali, e o sol nascia contra todas as circunstâncias. Maria sentada na areia, as pernas encolhidas seguradas pelos braços, olhos fechados, como se pedisse que os motivos, quaisquer que fossem, não viessem nos perturbar. Não me importei em perceber que o tempo já era, e que eu sentia raiva, raiva de uma parada que fugia da categoria de coisas que eu conhecia. Raiva dos muros de concreto que delineavam limites.

— Vamos nessa? — eu tinha cansado daquele estado meditativo, de frente pro horizonte, queria me movimentar um pouco, o dia já era estranho o suficiente.

— Pra casa? — perguntou.

— Não sei, talvez, pensei em andar um pouco por aí.

— Então vamos, você tá precisando levantar esse astral mesmo, é só um dia difícil, depois volta tudo ao normal — Maria sorriu. É sempre mais fácil lidar com o problemas dos outros do que com o nossos.

— Mas eu tô bem, é só um peso aqui no peito, algo que não cabe, que falta espaço. Mas é isso, é só um dia ruim — disse eu.

— Então já sei, bora tomar uma cerveja? Ouvi dizer que cerveja tem a capacidade de dissolver coisas ruins dentro do peito — Maria piscou pra mim com cara de safadeza.

— É mesmo? — eu ri. — Então eu topo, onde vamos?

— Podemos parar em algum bar no caminho, depois levamos mais algumas garrafas pra casa, dependendo do que ainda precisar ser dissolvido aí dentro.

Maria era ótima com estratégias alcoólicas. E foi o que fizemos, saímos da praia, caminhamos por todo centro histórico e paramos num bar na parte nova da cidade, já no caminho para cruzar a BR sentido à casa dela — e sentido à minha nova casa provisória.

O bar e a cerveja gelada realmente podem tirar alguém da merda (podem colocar alguém na merda também, mas aí já é outra história). Como quase sempre acontecia, Maria e eu conversamos loucamente sobre caminhos a seguir, mas nunca deixávamos as amenidades de lado, as amenidades são a poesia, o detalhe mais saboroso.

— Prometo que não fico muito tempo lá na tua casa, é só até eu ajeitar algumas coisas — eu disse lá pro décimo copo de cerveja.

Maria ergueu o dedo e solicitou gentilmente ao garçom duas doses de cachaça.

— Cachaça, Maria? Puta calor — acrescentei.

— Ih, deixa de ver problemas em qualquer detalhezinho. A gente toma a cachaça, quente, e completa com a cerveja gelada. Equação muito simples: anulamos algumas coisas com o seu oposto. E sobre a coisa de ficar lá em casa já falei pra ficar o tempo que quiser.

O garçom chegou com as doses. Viramos a cachaça, comecei a suar quase instantaneamente.

150

— Essa coisa do oposto não tá funcionando pra mim, não. Mas beleza, valeu pela força, prometo tentar não te incomodar tanto — eu disse.

— Para de cerimônias, cara, você é de casa, a gente é parceiro, cê sabe disso — Maria já estava levemente alterada, dava pra ver perfeitamente a mudança na sua expressão, o tamanho dos olhos pareciam se alterar, um sorriso meio escondido parecia ficar ali entre as bochechas e sua voz adquiria tonalidades diferentes. Talvez nada disso fosse verdade e era apenas a minha própria embriaguez se manifestando, como uma via de mão dupla. De qualquer forma, nessa situação ela ganhava um charme que não dizia respeita apenas à sexo. Ela emanava vibrações diferentes, uma energia inquietantemente positiva, algo talvez sem nome, mas que me fazia não querer sair do seu lado.

Maria pagou a conta, disse que não tinha nada a ver com presente mas sim com gentileza, "pelo dia difícil". Pegamos mais algumas garrafas para levar e saímos em direção à BR. Acendi um cigarro. O calor, já no inverno, transformava o começo da noite numa bolha de alta pressão prestes a mandar tudo pelos ares.

17.

Os primeiros dias na casa da Maria foram muito melhores do que eu imaginava. Tomávamos café juntos quase todas as manhãs, os momentos possivelmente constrangedores também não existiram, pelo contrário, acabamos nos apoiando mutuamente em várias coisas, convivíamos juntos, de fato. Passávamos horas ouvindo música e criticando o gosto musical do outro. Eu ainda não tinha trabalho, aquela situação me consumia por inteiro, estava vivendo com o que me restava, e com a paciência da Maria, que me ajudava sempre que possível. Passamos a ir menos à praia, gostávamos da intimidade da casa simples. Maria e eu éramos um casal que não existia, mas, ao mesmo tempo, estávamos vivendo, como dava pra ser, numa espécie de realidade paralela, talvez como tinha que ser. Aqueles primeiros dias, talvez dez, ou quinze, foram dias de suspensão do ar, da vida que passava, dos movimentos e da rotina. Aos finais de semana íamos bem cedo para a cachoeira, esse era sempre um desejo dela, que gostava de levar o violão. Nesse tempo todo, Maria me pareceu bastante calma, feliz, sarcasticamente dizia estar adorando aquela "brincadeira de casinha", e que apreciava demais as trocas, a companhia. Nenhum traço de mal estar ou incômodo. Não conversávamos mais sobre o futuro, talvez porque o presente já excitava e nos ocupava o suficiente.

Até o dia em que Maria também partiu.

Como veio, foi. Nesse dia, acordei um pouco mais tarde que o habitual, o café na garrafa ainda estava quente. A primeira impressão que tive foi da casa um pouco vazia. Nos segundos seguintes, notei que faltavam justamente as coisas dela. Violão, a mochila grande e a outra menor. As roupas que estavam espalhadas, agora, davam lugar às manchas escuras no chão de cimento queimado. Saí meio apressado para o quintal, me pareceu o mesmo do dia anterior, mas eu sabia, no fundo eu já sabia, que não seria mais o mesmo. Por certo nervosismo meu estômago começou a doer, voltei a entrar na casa, olhei a garrafa térmica, sentei na beirada da cama. Resolvi tomar um pouco daquele café, como se ele pudesse conter respostas para aquele sumiço. Eu queria esconder de mim mesmo que já não era capaz de segurar algumas lágrimas. Inutilmente, meio em desespero, tapei os olhos com as palmas das mãos. Enxuguei o rosto na camiseta. Tentei pensar que talvez ela não tivesse ido, que talvez algum outro motivo tivesse feito com que ela levasse todas suas coisas e que ela reapareceria ao final do dia, como sempre fazia, já gritando ao entrar na cozinha.

No terceiro dia em que ela não apareceu, eu comecei a me conformar. Ela sempre tinha me dito aquilo, de forma enviesada, mas sempre tinha dito. Até com o corpo ela me dizia sobre liberdade, eu nunca poderia culpá-la, eu deveria, sim, no mundo ideal, conseguir enxergar a porra da beleza dessas coisas que passam na nossa vida mas não são nossas. Nada é nosso, nada vai ser nosso. É bom aceitar isso o mais rápido possível. Agora eu tinha certeza que Maria realmente tinha invadido aquela casa, ela não poderia ter ido embora simplesmente sem dar satisfações. Nesses três dias eu não arredei o pé dali em momento nenhum, esperando que ela voltasse, que chamasse meu nome.

Meu nome.

No começo do quarto dia, juntei minhas coisas em minutos. Não podia negar que sentia raiva dela, por me abandonar, por me fazer passar por essa situação de novo, por não se despedir, por inúmeras outras questões. Naquele momento, eu era um poço cheio de um rancor fedorento. Eu sabia que era uma raiva mesquinha, mas naquele momento eu estava me permitindo a mesquinhez, e, na verdade, qualquer outro sentimento que aparecesse. Eu sabia, inclusive, da sinceridade que ela teve comigo durante todo esse tempo. Ela apenas cumpriu o que disse, e foi, e talvez era disso que eu tinha mais raiva.

Coloquei a mochila, larguei algumas coisas que não consegui carregar. Passei pela porta e pelo portão, notei, novamente, e agora mais forte do que nunca, a falta de fechaduras, cadeados e coisas do tipo. Segui na direção da praia, automaticamente, quase como se lá fosse o único lugar que pudesse me acolher.

Não conseguia parar de pensar para que tipo de lugar ela poderia ter ido ou quando tomou a decisão, se faria muito tempo, ou se teria sido no dia anterior. Ou no próprio dia da partida, de um segundo pro outro. Teria feito, tranquilamente, um café antes de sair, sem peso, fria, sem sentir nada?

Em direção à praia eu andava pela rua feito cego numa multidão apressada, insensível e potencialmente violenta.

18.

Fiquei na praia por uma semana. Poderia ter tentado voltar ao *camping*, mas não quis correr esse risco. Também não encontrei ninguém a quem pedir ajuda, um teto, algo do tipo, talvez eu não tenha procurado, ou, talvez, eu realmente não tenha feito muitos amigos por aqui. A única coisa ruim de ficar na praia é que assim que o dia amanhecia eu era obrigado a retirar a barraca, não se pode acampar na praia. Mas assim que anoitecia eu remontava e voltava a ter novamente meu frágil teto de plástico.

Foram cinco dias onde nada aconteceu, onde o tempo frio, nublado, escuro, rasgava meu corpo e eu não conseguia pensar em porra nenhuma, nem no que tinha sido e nem no que seria. Fiquei ali, como ficam as pessoas em frente às vitrines de um shopping center, os olhos vidrados, brilham por um desejo obscuro e não se sabe nem muito bem o porquê.

Em um desses dias saí andando pela cidade, a mochila com todas minhas coisas nas costas, virei, atravessei, cruzei inúmeras ruas, sem qualquer racionalidade. Fui a lugares que não ia há muito tempo, como a Ilha dos Lagartos. Observei as coisas acontecendo, e era um bom fluxo de pessoas para o tamanho da cidade, cada um com seu jeito de andar que denunciava o tamanho da sua preocupação. Ou o tamanho do seu trabalho, do seu fardo, das suas feridas, da sua consciência. Seguindo essa lógica, o jeito do meu andar deveria denunciar total falta de rumo, era lento e arrastado, a casa nas costas, o olhar que fingia um senso de sentido quando era, na verdade, totalmente vago. Voltei à praia, esparramei novamente as coisas pela areia, era o quinto dia, e eu percebi que naquele dia eu não havia trocado uma palavra com qualquer coisa que fosse, nem pessoas (muito menos pessoas), nem árvores, insetos, pássaros, ou qualquer coisa do tipo. Não havia emitido sequer uma expressão sonora, como um grande foda-se, porra, caralho. Nada. Nem suspiro.

E aquilo se arrastou por mais dois dias.

Ninguém chamou meu nome.

Até o dia em que eu também parti.

19.

Desde que o Tomás fora embora, três meses atrás, e apesar da Maria, a vida foi muito solitária por aqui. O tempo sempre muito cinza, ora quente, ora frio, me levava a gastar dias repassando o que eu tinha vivido naquele período de tempo. Isso me dava certo alívio. Me fazia pensar, de novo, na inevitabilidade de certas coisas, de certos desafios, de certas desventuras. É pura sacanagem segurar o voo de quem quer que seja, do que quer que seja.

E chegou o dia, e ele veio quieto. Talvez eu só estivesse continuando a ir embora, acho que fazia mais sentido. Continuar, porque não se pode voltar atrás. Acordei por volta das sete, desmontei a barraca, amarrei ela de forma toda torta na mochila, não importava. Me virei para o mar, aquela praia, e meu peito, e meus olhos, contive o choro, doído, seguido de um puta sorriso de satisfação.

Eu tinha uma certeza, e não era algo alentador, nem motivo de desespero, a minha certeza, ao sair dali, ao deixar para trás aquele pedaço de mundo, era a de que meu nome ainda não havia sido escrito, de que as coisas, no que me diziam respeito, não estavam definidas. Então eu fui, e de alguma forma meus olhos brilhavam por entender que o caminho e que as possibilidades eram incontáveis, e talvez por isso mesmo, às vezes pareciam sumir. Era necessário, apenas, manter a atenção e o movimento.

E aquele momento chegou como as coisas inevitáveis chegam, sorrateiras e constantes, depois de Tomás, depois de Eva, Martina e Maria, depois de dois anos, depois de perder muito e ganhar muito, tinha chegado minha hora de desistir. Não era covardia, muito menos fuga. Esse desistir, o outro lado dele, fica implícito no que não cabe em nós, mas talvez recomeçar fosse a melhor tentativa de interpretação. O eterno recomeço que te dá a tranquilidade necessária para aguentar todas as porradas que a vida te deu, te dá e vai continuar dando pela existência afora.

Eu sempre imaginei que partiria no inverno.

Não sentia vergonha em colocar pra mim mesmo essa desistência, eu sempre flertei de perto com a ideia de desistir das coisas, perdia o interesse, ponto, mas agora era diferente, eu sorria para a história de recomeçar e ela me sorria de volta, numa cumplicidade excitante e brutal. Acho que a tal grande história me fugiu nessas ruas, porquê, na verdade, a questão que tinha me trazido pra esses mares, acho, era a minha própria narrativa. A reestruturação de coisas, o enfrentamento, os encontros. Tudo dizia respeito à minha história, ao autoconhecimento e à relação com os outros, não era pra ficção, mesmo que fosse documental, mesmo que tivesse um quê muito forte de realidade. Mas as histórias não ficam presas a lugares, elas andam por aí, livres, de chinelão e roupas largamente confortáveis e acenam provocantes para os carros que passam.

Eu seguiria procurando por Eva, Martina, Tomás, Maria, buscando outros rostos, novos nomes.

O meu nome.

E no mais íntimo, sonhando com reencontros.

Era pequeno e era muito e era o suficiente.

EDITORAMOINHOS.COM.BR

Este livro foi composto em Electra LT STD, Slim Jim e Savoye enquanto *Canção do amor demais* era cantada por Elizete Cardoso, em novembro de 2017, para a Editora Moinhos.